11/11 2,50

suhrkamp taschenbuch 3177

Ein burlesker Gesellschaftsroman: Aus der Sicht seiner Frau hat Bohumil Hrabal, der Autor des Romans *Ich habe den englischen König* bedient, die Geschichte seiner eigenen Ehe geschrieben – eine ganz und gar ungewöhnliche Liebe. Während er, ein ewig erfolgloser Schriftsteller mit Namen Hrabal, endlich den Durchbruch schafft, sieht Eliška, seine Frau, nur seine Geplagtheiten und Schwächen und seine unmöglichen Freunde, bei denen er der Champion ist, die Nummer eins. Besonders in der Kneipe ›Zum Goldenen Tiger‹.
Eliška hat es nicht leicht mit ihrem Mann, aber für sie gilt – wie für jedermann – der Hrabalsche Satz: »Diese Welt ist schön, zum Verrücktwerden schön, nicht daß sie es wäre, aber ich sehe sie so.«
»Von Hrabal kann man süchtig werden. Immer mehr deutsche Leser sind süchtig geworden.« *Martin Lüdke*
Bohumil Hrabal, geboren 1914 in Brünn, studierte Rechtswissenschaft. Nach der Promotion 1946 war er Stahlgießer und Altpapierpacker, schließlich Kulissenschieber und Statist am Theater. Seit 1963 lebte er als freier Schriftsteller in Prag und Kersko. 1997 kam er ums Leben.

Bohumil Hrabal
Ich dachte an die goldenen Zeiten

Roman

Aus dem Tschechischen
von Susanna Roth

Suhrkamp

Originaltitel: *Proluky*
Ich dachte an die goldenen Zeiten
erschien als dritter Teil der Autobiographie
Hochzeiten im Hause
1988 bei Sixty-Eight Publishers
in Toronto, Canada

Umschlagfoto: Jan Kaplan

suhrkamp taschenbuch 3177
Erste Auflage 2000

Druck: Nomos Verlagsgesellschaft, Baden-Baden
Printed in Germany
Umschlag nach Entwürfen von
Willy Fleckhaus und Rolf Staudt

1 2 3 4 5 6 – 05 04 03 02 01 00

Ich dachte an die goldenen Zeiten

Das Groteske ist absolute Komik.
Charles Baudelaire

Das Vorabexemplar des ersten Buches meines Mannes wollte und wollte nicht kommen, er hatte sogar zu trinken aufgehört und brüllte nachts, er werde aus dem Fenster springen, er werde sich vor einen Zug werfen, da zog ich an meinem nächsten freien Tag mein Paradekleidchen und meine roten Schuhe mit den Stöckelabsätzen an, ich nahm meinen Regenschirm und machte mich auf den Weg zum Verlag. Als ich vor dem Leiter dort stand und sagte, wer ich sei, zeigte ich mit dem Regenschirm in Richtung Libeň, zum Damm, zur Nummer vierundzwanzig und sagte... Hören Sie gut zu, dort irgendwo liegt mein Kleinod, er säuft nicht mehr und hat nicht mal mehr die Kraft, sich unter einen Zug zu werfen, weil das Vorabexemplar seines berühmten Bändchens einfach nicht kommen will... Gehn Sie ruhig mal hin und schauen sich an, wie Sie meinen Mann zugerichtet haben! Und ich stand da, mit geschminkten Augen, in der Grundposition einer Ballerina, mein vorgeschobenes rotes Schühchen blitzte, und ich jagte diesem Leiter tatsächlich einen Schreck ein, er griff zum Telefonhörer und wiederholte mehrmals hintereinander... Ja... ja... ja... dann legte er auf und sagte, das Exemplar sei bereits unterwegs... und ich sagte, natürlich, unterwegs, doch bis es soweit ist, verendet mein Kleinod dort, ich hole es lieber selbst... wo ist denn dieses »Perlchen auf dem Grunde?« Und so geschah es, daß der Verlagsleiter höchstpersönlich zu mir sagte, ich verstehe Sie ja, ich konnte es auch kaum erwarten, bis mein erster Gedichtband erschien, ich wollte mich auch vor den Zug werfen und dachte an die letzten Dinge des Menschen... Und er hob nochmals den Hörer ab, und nach einer Weile kam ein Angestellter und brachte mir dieses Exemplar, das der Verlag eigentlich nicht aus den Händen geben durfte. Und ich verließ das Gebäude und schritt durch die Nationalstraße, und in einer Konditorei ließ ich dieses »Perlchen auf dem Grunde« in Seidenpapier einschlagen und mit einem Bändchen umwickeln, als sei es ein Geschenk... Dann stolzierte ich über den Wenzelsplatz, in der einen Hand den Regenschirm und in der anderen das mit dem roten Bändchen umwickelte »Perlchen auf dem Grunde«, ich schritt aus und träumte davon, wie schön es sein wird, wenn dieses Büchlein erschienen ist und mein Mann mit mir durch die Stadt spaziert und dieses »Perlchen auf dem Grunde« in den Schaufenstern der Buchläden ausliegt, was für einen Festschmaus ich bereiten werde, eine Hochzeit im Hause, der Sekt wird spritzen, als hätte mein Mann die Formel Eins gewonnen... Und dann hatte ich eine Idee, und ich ging in die Spálená-Gasse, zur Altstoff-Sammelstelle, wo mein Mann im Schein der Glühbirnen vier Jahre lang Altpapier gepackt hatte, ich betrat das Büro, und es war die Leiterin da, ja, sie, die meinen Mann gefeuert hatte, es war auch jener Kaderreferent anwesend, der meinen Mann einen Drückeberger geschimpft hatte, weil er ein Stipendium vom Literaturfonds des Schriftstellerverbands erhalten hatte und nur noch halbtags arbeitete... und ich löste die rote Schleife und zeigte den blauen Einband herum und vor allem den Namen meines Mannes... und ich sagte... jetzt sehen Sie es mit eigenen Augen, mein Mann ist ein

Schriftsteller und keineswegs das, als was ihr ihn hier beschimpft habt... Und ich packte das »Perlchen auf dem Grunde« wieder ein, wickelte das rote Bändchen darum und ging mit dem Schirmchen hinaus, auf dem Hof drehte ich mich noch einmal zum Fenster hin und hielt das Päckchen in die Höhe und sah, daß alle wie vom Blitz getroffen dasaßen, das hatten sie nämlich nicht erwartet...

Und Am Damm standen die Fenster unserer winzigen Wohnung sperrangelweit offen, auf den Stufen vor der Tür saß Pepíček wie ein kahler Riesenvogel aus dem Zoo und paffte, er trug eine Brille wie zwei Joghurtgläser, und mein Mann war gerade wieder einmal von den Toten auferstanden und spülte das Geschirr... ich trat ein und legte das Päckchen mit der roten Schleife andächtig auf den Tisch, dicht neben die beiden Gläschen und die angebrochene Flasche Brandy... Rat mal, was da drin ist? sagte ich... Doch mein Mann spülte weiter und sagte... Ich weiß, aber unterdrückte Verzückung ist Edelmut! Pepíček und ich haben abgemacht, daß wir, wenn du zu deinem Bruder nach Wien fährst, nicht nur unsere Zimmer, sondern auch die Tür und die Fensterrahmen und die Stühle weiß streichen wollen, damit es hier heller wird, damit mein schwarzer Humor sich weiß färbt... Und der kleine Pepíček trat ein, und seine beiden ins Brillengestell eingepaßten Joghurtgläser blitzten und schleuderten ihre Reflexe durch unsere düstere Wohnung, und er sagte... Doktor, noch einen Brandy... und streckte sein Glas hin, das wie die Brille funkelte...

In einer Viertelstunde sollte mein Schnellzug nach Wien abfahren, ich stand auf dem Bahnsteig, als mein Mann mit seinem Einkaufsnetz angerannt kam, und ich hatte den Eindruck, daß er schon wieder betrunken war, er war aber trunken von seinem Büchlein, von seinem Vorabexemplar, er half mir in den Waggon und grölte... Das ist ein Goal! Eine Auflage von zwanzigtausend... und jetzt müssen alle diese Pakete wieder ausgepackt werden, sieben Lektoren haben den Text überwacht, und dennoch hat sich der Druckfehlerteufel eingeschlichen! Stell dir vor! Im Text steht der Satz: »... und im Graben lag silbrig glänzend die Motorhaube des NSU Sport Marx...«! Dabei muß dort stehen: »... und im Graben lag silbrig glänzend die Motorhaube des NSU Sport Max«! Sieben Mädchen müssen nun die zwanzigtausend Seiten suchen und dieses r retuschieren und mit der Feder ein Pünktchen malen... Und dann wieder alles zu Zwanzigerstapeln verpacken... schrie mein Kleinod, und ich errötete... Sei doch still, ich bitte dich... Der Schaffner pfiff schon, mein Mann stand auf, und ich staunte, und auch den Mitreisenden fielen fast die Augen aus dem Kopf... Das ganze Einkaufsnetz war voller Hundertkronenscheine... Und der Schaffner pfiff nochmals, und mein Mann sprang auf den Bahnsteig hinaus und schwenkte sein Einkaufsnetz, es sah aus, als trüge er Spinat nach Hause... und der Zug fuhr an und mein Mann lief neben dem Fenster her und erklärte... Schau... man hat mir einen Vorschuß gegeben, zehntausend Kronen... Pepíček und ich werden das Haus anstreichen... und dann blieb er stehen und ließ das Einkaufsnetz kreisen, und die grünen Scheine glänzten tatsächlich wie Spinat... Als ich Platz genommen hatte, sagte die Frau, die mir gegenübersaß... Der Herr Gemahl ist ein lustiger Kerl, Sie erleben wohl so allerlei mit ihm, nicht wahr?

Ganz gemächlich und gemütlich fuhr der Zug in den Franz-Josefs-Bahnhof ein, ich stand im Gang, und auf dem Bahnsteig wartete mein Bruder Karel, Karli... Als ich mit den Koffern ausgestiegen war, flog Karel mir entgegen, und schon lagen wir uns in den Armen, ich lehnte mein tränenüberströmtes Gesicht zurück, ja, wir waren es, Karli und ich... und nach so vielen Jahren sahen wir uns wieder. Als ich aus den Tränen herausgeschwommen war, sah ich es, jawohl, Karli war elegant wie eh und je, er trug wie eh und je die besten Anzüge, die edelsten Schuhe, ein blitzsauberes Hemd und eine lässig gebundene Krawatte. Sein Haar hatte sich zwar gelichtet, war aber immer noch kastanienbraun und leicht gewellt, er duftete nach Kölnischwasser und hatte die Narbe am Kinn überpudert, diese Narbe, die von einem Granatsplitter irgendwo dort an der Ostfront herrührte... Und dann verfrachteten wir die Koffer in einen Simca, und dieser Simca war genauso blank gewienert wie Karlis Schuhe, überhaupt wie der ganze Karli, mein Bruder, den ich seit Kriegsende nicht mehr gesehen hatte, eigentlich hatten wir nie Gelegenheit, einander richtig zu sehen, weil Papa früher nicht gewollt hatte, daß Karli tschechische Kameraden hatte und mit tschechischen Mädchen befreundet war, dennoch war Karli in Prag Mitglied der tschechischen Ruderklubs gewesen, und obwohl mein Vater wünschte, Karli solle sich um unsere Furnierholzfabrik kümmern, zog er es vor, mit seinen Freunden und hübschen Mädchen in Prag tanzen zu gehen... Und nun fuhr er mich in seinem Simca durch Wien, natürlich nur durch die Kärntner und die Mariahilfer Straße, und ich war geblendet von den breiten Straßen mit den schönen Geschäften und all den Menschen, die ihren Beschäftigungen nachgingen, eine Weile standen wir im Stau, und dieses Wien erstaunte mich und schien mir noch viel schöner, als ich es in Erinnerung hatte von damals, als wir in Břeclav, in Lundenburg mit den Freundinnen in den Schnellzug stiegen, um nach Wien zu fahren und die Schule zu schwänzen... doch das war zu Beginn des Kriegs gewesen... Und dann stieg ich in Rodaun am Stadtrand von Wien aus, meine Schwägerin hieß mich willkommen, und ich erkannte sofort, daß sie es war, die Karli im Zaum hielt, daß sie es war, die nicht nur zu Hause, sondern überall das Zepter schwang, sie war eine reizende Frau, so ein Wiener Typ, wie ein Kegel sah sie aus und lächelte, doch war es keineswegs ein Lächeln, das Freude über meine Ankunft verriet, meine Schwägerin beruhigte sich erst, als ich sagte, ich sei nur für diese dreizehn Tage gekommen und würde wieder zurückkehren, ich sei jetzt in Prag zu Hause... ich sah, wie ihr ein Stein vom Herzen fiel, und sie lächelte glücklich, daß ich nicht vorhatte, für immer hier in Österreich zu bleiben... Und Karli hatte inzwischen seine Schuhe ausgezogen und Schuhspanner hineingesteckt, er polierte sie mit einem Flanellappen und zog dann seine Pantoffeln an, auch ich mußte Hausschuhe anziehen und saß dann im Herrenzimmer, die Küchentür stand offen, und die Küche war ganz weiß, wie beim Zahnarzt sah es dort aus, und meine Schwägerin band sich eine weiße Schürze um und bereitete das Abendessen zu, sie saß auf einem weißen, mit Chromleisten verzierten Drehstuhl und öffnete das weiße Lacktürchen des weißen Küchenschranks, in satten Farben leuchteten dort die Gewürze, auch die Mohrrüben, die sie raspelte, strahlten vor lauter Frische, und die Büschel grüner, gekräuselter Petersilie ebenfalls... und dann tischte sie uns Naturschnitzel auf, sie selbst machte gerade eine Mohrrübenkur... Und Karli fragte mich leise, ob Prag immer noch so schön sei wie damals, als er jung war, als er an der Hochschule studierte und im Studentensportklub Tennis und Basketball spielte? Und ob im Herzchen und im Bal Negre noch immer getanzt werde? Und was Juliš mache? Und der Tanzsaal Moldau im ersten Stock? Und vor allem, ob die Achterregatten der Stadt Prag noch stattfanden? Und als ich ihm sagte, daß ich Serviererin im Grill des Hotels Palace war, da strahlte er, ob man im ersten Stock des Palace noch immer so gut esse?... Also wohnte ich bei Karli in Rodaun, und jeden Abend wartete ich vor seiner Firma in Rodaun auf ihn, ich sah, wie er immer um halb sechs noch einige Male im weißen Kittel über den Hof dieser Wiener Holzfirma lief, Vater war tot, und ich war froh, daß er Karli nicht sah, der Vaters Firma hätte übernehmen können, es aber vorzog, mit schönen Fräuleins und seinen Kameraden durch Prag zu flanieren, anstatt sich Vaters Firma zu widmen... Karli wußte vermutlich im voraus, wie alles enden würde, schließlich hatte Vater alles verloren, weil er nicht damit gerechnet hatte, daß die Deutschen diesen Krieg verlieren könnten, denn als ich mit Karli Salzburg besuchte, zeigte er mir eine schöne Villa dort, für die Vater das Geld gehabt hatte, die er hätte erwerben können, doch wozu, damals im Jahre vierunddreißig, als er in Hodonín, in Göding ja eine viel schönere Villa besaß... und vor allem wäre Vater nie der Gedanke gekommen, daß es mit ihm solch ein Ende nehmen könnte und nicht nur mit ihm, sondern mit der ganzen Familie samt Lizaj und Onkel Wulli... Und so war ich mit Karli jeden Tag an einem anderen Ort, einmal waren wir im Hotel Sacher, einmal fuhren wir nach Thallern Brathendl essen, dann wieder ins Café Demel, wo die Serviererinnen einen mit »Haben schon gewählt« ansprachen... Und dann war ich mit Karli aus Neugier noch im Café Hawelka und in Grinzing, und ein andermal fuhren wir nach Klosterneuburg, oder wir promenierten auf der Kärntner Straße und über den Graben, und ich war geblendet von diesem Wien und seinen Geschäften und dem wunderschönen Wiener Deutsch, und einige Male wurde mir schwer ums Herz, und ich wünschte mir, wenn ich mein Leben nach dem Krieg nochmals hätte neu beginnen können, dann wollte ich nirgendwo sonst leben, nur hier in Wien, ich fühlte mich wie zu Hause, alle Menschen hier kamen mir wie die Menschen vor, mit denen ich bis zu jenem Jahre fünfundvierzig zusammengelebt hatte, denn meine Mutter war Österreicherin, Tochter eines Oberförsters, und je mehr ich von Wien begeistert war, desto öfter berichtigte mich meine Schwägerin und behauptete, das habe ja alles seine Richtigkeit, in Wien müsse man aber arbeiten, arbeiten und nochmals arbeiten, sie müsse in ihrer Schuhfabrik jeden Tag bis sechs Uhr abends arbeiten... und Karli sagte zu mir... Ich bin ein Fremder hier geblieben, mich hat dieses Wien nicht akzeptiert, mein Leben in Wien, das ist der Weg zur Arbeit und wieder zurück, fernsehen und früh zu Bett, damit ich früh am Morgen in der Firma bin und bis halb sechs schufte und schufte... Ich bin ein Fremder hier, nur in den Urlaub kann ich fahren, wohin ich will, in den Ferien kann ich in jedem x-beliebigen Meer baden, zu Weihnachten kann ich eine Woche Ski fahren, wo immer es mir gefällt... Doch in dieser Stadt hier bin ich ein Fremder, ein Sudetendeutscher, obwohl ich meine schönsten Jahre mit tschechischen Freunden und tschechischen Fräuleins in Prag verbracht habe, in Prag war ich zu Hause, bis Hitler kam, den anzuschauen auch unsere Mama gefahren ist, damals, als er durch Wien fuhr, ich erinnere mich, als sie wieder zu Hause war, weinte sie vor Glück, daß sie Hitler gesehen hatte, es weinten vor Glück auch Lizaj und Tante Pišinka, die letztes Jahr gestorben ist, ich aber habe gleich gewußt, das war das Ende mit den Prager Mädchen, mit den Prager Kameraden... und weil wir in den Sudeten wohnten, waren wir Deutsche und mußten an die Front... das erzählte Karli mir leise immer und immer wieder, und mit einem Taschentuch verdeckte er die weggeschossene Stelle an seinem Kinn...

Nach Prag fuhr ich etwas weiser zurück. Im Franz-Josefs-Bahnhof stand ich mit Tränen am Fenster des Vindobona, Karli hatte mir ein neues Kostüm, einen Koffer voll Wäsche und Geschenke gekauft, jetzt stand er auf dem Bahnsteig und sah zu mir hoch, er lächelte mich an, stand da wie ein geknickter Marionettenkönig, die Schwägerin war wie immer im Kostüm, sie hielt meine Hand und lächelte mich an, das war eine Frau, wie Karli sie brauchte, sie zeigte keine Gefühle, und nichts konnte sie erschüttern, sie kannte ihren Wert und wußte, daß Karli ohne sie nicht nur nicht zurechtkäme, sondern den Verstand verlöre... Ein Pfiff, und der Schnellzug fuhr an, Karli weinte, er tupfte sich mit einem Taschentuch die Augen und das Kinn trocken, die Schwägerin lächelte und war sichtlich froh, daß ich endlich nach Prag zurückfuhr, damit sie sich von meinem dreizehntägigen Aufenthalt erholen konnte, und dann sah ich noch, wie Karli sich niederbeugte und mit dem Taschentuch leicht über das Hosenbein und dann über die Spitzen seiner glänzenden Schuhe wedelte...

Am Bahnhof in Prag erwartete mich mein Mann, er hatte Fältchen rund um den Mund und gab mir nicht einmal einen Kuß, ich wich vor ihm zurück, denn er roch nach Bier, schuldbewußt lächelte er und trug meine Koffer, und da alle Taxis unterwegs waren, fuhren wir mit der Straßenbahn, ich schaute hinaus und sah, daß Prag tatsächlich heruntergekommen und von Papier übersät war, und vor allem sah ich, daß Röhrenkonstruktionen alle möglichen Straßen verschandelten, und wie die

Prager Peripherie allmählich ins Zentrum vorrückte, Wohnwagenparks, die von mit Draht zusammengehaltenen Brettern, Balken und Traversen umzäunt waren, ich wunderte mich nur, daß mir das bisher nicht aufgefallen war, im Zentrum von Prag sah es aus wie in Wien, wie in dem Wien an der Peripherie... Und mein Mann wurde eins mit dem, was ich da draußen in den Straßen sah, irgendwie wurde mir bewußt, daß mein Mann in seinem Inneren mit alldem übereinstimmte, er dachte und kleidete sich genauso, wie diese Prager Straßen und Plätze ausgestattet waren... Und als wir aus der Straßenbahn gestiegen und in unsere Gasse eingebogen waren, da taumelte ich leicht, erst jetzt bemerkte ich, daß alle diese Häuschen, alle diese Häuser dem Verfall nahe waren, daß die Mauern bröckelten, bei jedem zweiten Haus das Abflußrohr geplatzt war und die Gasse mit Unrat voll lag... Dann empfing mich der feuchte Hausflur und die vom Hof hereinwehende Kühle, Frau Beranová hatte wieder einmal den Wasserhahn geöffnet und schüttete unter gewaltigem Plätschern einen Eimer nach dem anderen auf das Pflaster unterhalb ihrer Fenster... sie kehrte das Wasser mit einem Reisigbesen in den Rinnstein und hieß mich willkommen... Ich will gar nicht hören, wo Sie waren! Wissen Sie, ich habe zwanzig Jahre in Hamburg gelebt!... Ich stieg die Stufen hinauf, und da sah ich es! Hinter den herunterwallenden Ranken und Zweigen der wilden Reben, die vom Dach und den gespannten Drähten herunterhingen, leuchteten eine weiße Tür und weiße Fensterrahmen... und ich lächelte meinem Mann zu... und als ich unser Heim, unser Zuhause betrat, blitzten die weißlackierten

Blechstühle und der Tisch und die mit Kalk verputzten Wände durch die Dämmerung, und alles, was in Reichweite des Spiegels stand, spiegelte sich noch einmal in ihm, und so standen in unserer Wohnung zahllose Stühle und Tische... und auf dem Tisch leuchtete noch immer dieses mit einem roten Bändchen umwickelte Päckchen, dieses Päckchen mit dem Vorabexemplar, genauso, wie ich es aus dem Verlag gebracht hatte... Mein Mann streckte mir sein Gesicht entgegen, ich küßte es... und sagte... Na? Und mein Mann... Die »Perlchen« sind gestern erschienen und waren schon am selben Tag vergriffen...

Über dieser Anstreicherei mit Lackfarben, von diesen zahllosen Brandys, die Pepíček zusammen mit meinem Mann getrunken hatte, war er, der in Libeň, beim Herrn Vaništa und bei meinem Mann immer mit den Füßen auf der Sitzbank in der Hocke gesessen hatte, über alldem also war dieser Pepíček gestorben. Man fand ihn erst nach einer Woche in seiner Wohnung dort in der Slovankastraße, er war einsam und allein gewesen, seine Verwandten lebten irgendwo in Kanada, und so meldete der Herr Vaništa dem Volksausschuß, er werde sämtliche Begräbniskosten übernehmen... Und dann machten wir uns auf den Weg zu dem kleinen Aufbahrungssaal des Krematoriums, der Herr Vaništa hatte seine Gitarre mitgenommen, und da stand der Sarg mit einem Schildchen, auf dem man lesen konnte, daß darin der Josef Sviatek lag... und dann kam ein Angestellter und wiederholte, was auch schon in der Todesanzeige gestanden hatte... und dann legte ich den einzigen Blumenstrauß auf den Sarg, und der Herr Vaništa nahm seine Gitarre, er trat vor den Sarg, verneigte sich vor Pepíček Sviatek, stellte einen Fuß auf die Stufe und stimmte nach einigen Akkorden Pepíčeks Lieblingslied an... »Mein Liebchen aus der Vorstadt, wie lächelst du so wunderschön...« Dieser Herr Vaništa sang so gefühlvoll, wie er früher und auch heute noch in seinem Gasthaus »O sole mio« sang, mit einem Tenor wie Benjamino Gigli... er sang vom Liebchen aus der Vorstadt, und durch den schwarzen Samt, der sich in der Mitte geteilt hatte, traten die Angestellten hervor und lauschten, wie schön und gefühlvoll der Herr Vaništa sang... während der Sarg langsam in der geöffneten Wand verschwand...

War das eine Freude, als mein Mann seine Autorenexemplare im Taxi nach Hause brachte, war das eine Freude! Er hatte auch gleich noch sechzig Stück dazugekauft und die Pakete sofort ausgepackt und ein Buch neben das andere gelegt, wie Kacheln, ich sah es und wollte meinen Augen nicht trauen, daß mein Kleinod ein solcher Kindskopf war. Und dann signierte er alle diese Bücher... und er zwang mich, eines davon in die Arme zu nehmen und dieses sein Neugeborenes herumzutragen, das mache man so, Vitězslav Nezval habe seine Geliebten auch dazu gezwungen, es als Ehre zu empfinden, wenn ein Dichter ihnen sein Kindchen in die Arme legt, denn, wie mein Kleinod mir mit einer Träne im Auge sagte, für einen Schriftsteller seien seine Bücher die wahren Kinder, er sei nicht nur ihr Vater, sondern auch ihre Frau Mama, ja mehr noch als eine Mutter, und mein Mann zeigte auf sich, auf seinen Bauch und seinen Kopf, so ein Schriftsteller trage sein künftiges Kindlein nämlich länger als neun Monate mit sich herum, und wie eine Mutter fühle er, wie es in ihm größer werde, wie es sich herumdrehe, wie es strample, und er mache sich solche Sorgen, ob das Kind, dieses Kindlein, nicht etwa schwachsinnig sei? Ob es auch gut aussehen werde... So faselte mein Mann, seine Büchlein lagen auf dem ganzen Fußboden verstreut, und ich machte große Augen und sagte... Im Ernst? Das ist doch unmöglich... Tut dir nicht etwa der Schädel weh?... Wer hätte das gedacht... Und wenn dir was passieren sollte, in welches Irrenhaus möchtest du eingeliefert werden? Nach Beřkovice? Oder nach Bohnice?

Und so geschah das erste Unglück... Mein Kleinod saß in der Buchhandlung an der Nationalstraße, es fand eine Signierstunde statt, mein Mann hatte sich einen schönen Anzug schneidern lassen, seine Leser drängten sich um den Tisch, und neben meinem Mann saß ein junges Mädchen, vermutlich eine Verkäuferin, sie schlug die hingehaltenen Bücher auf und schob sie unter die Feder meines Mannes, der den Blick hob und in die Augen seiner Leser schaute und freundlich fragte, was er denn schreiben solle, und dann kritzelte er seine Unterschrift hinein und war ganz gerührt davon, er freute sich nicht nur über sich selbst, sentimental war er über diese Ehre geworden, er schielte sogar, und das linke Auge verrutschte, er saß da wie ein leibhaftiger Sohn des Rabbi von Nikolsburg, und ich stand in einer Ecke und betrachtete meinen Mann über einen Lyrikband hinweg, hinter Gedichten versteckt, beobachtete ich mein Kleinod wie ein Detektiv und sah, wie er Lumpereien vollbrachte, daß diese Lumpereien aber aus seinem Innern kamen und er in diesem Augenblick an sich selbst und an seine Leser glaubte, für die er sein »Perlchen auf dem Grunde« geschrieben hatte, als ich aber zu Hause in das Buch schaute, dachte ich, was ist denn dieses »Perlchen« schon, gemessen an den »Feiglingen«, am Nylonzeitalter des Herrn Škvorecký, und ich hätte alle Geschichten dieses »Perlchens« auf dem Grunde gegen eine einzige Erzählung des Herrn Tschechow eingetauscht... seine Leser allerdings verwirrten mich, sie schauten meinen Schatz wie ein Phänomen an, sie wurden sogar rot vor ihm und gerieten ins Stottern, so verlegen waren sie vor lauter Glück, diesen berühmten Schriftsteller zu sehen und mit ihm sprechen zu dürfen... Und als die Schlange dann bis vor die Buchhandlung angewachsen war, sah ich, wie auch das Selbstvertrauen meines Mannes wuchs, er lächelte jetzt und war nicht mehr nervös, denn bisher konnte sich mein Mann nur in diesen Libeňer Kneipen natürlich aufführen. Kaum betraten wir irgendein Restaurant, kaum waren wir in einer Gesellschaft gutgekleideter Leute, die sich zu benehmen, zu essen und Konversation zu führen wußten, da wurde mein Mann blaß und vollbrachte lauter Fehlleistungen, er lief rot an, stotterte und kam erst dann wieder zu sich, als wir im Freien waren, er kam angesichts dieser untadeligen Menschen immer fürchterlich ins Schwitzen... Hier allerdings, während dieser Signierstunde, als niemand ihm widersprach und er nichts als anständige Leute sah, die vor dem Herrn Schriftsteller Minderwertigkeitskomplexe hatten... hier war und benahm sich mein Mann wie beim Herrn Vaništa, wie in der Alten Post... Und dann sperrten die Verkäuferinnen den Haupteingang zu, und weitere Leser klopften mit den Fingern gegen die Schaufenster, vergeblich, es war sechs Uhr, und die letzten bekamen die letzten Autogramme... Mein Kleinod erhob sich, und wie damals, als wir nach der Hochzeit das Schlößchen verließen, roch er auch jetzt nach Bier und Brandy... er hatte Ringe unter den Augen und grausame Fältchen rund um den Mund, er winkte mit der Hand und dankte der Frau Geschäftsführerin, ja er küßte ihr sogar die Hand... Und wir verließen das Gebäude durch den Hinterausgang, hinter uns rasselten die Schlüssel, und ich ging neben meinem Mann, ich schritt lächelnd aus, stach meine Schritte mit der Schirmspitze ab, ich trug meine roten Schühchen mit den hohen Stöckelabsätzen und lächelte, weil mein Kleinod sich noch gestern beim Gedanken, daß ihm heute eine Signierstunde bevorstand, fast die Seele aus dem Leib gekotzt hatte, die ganze Nacht hatte er nicht geschlafen, genau wie vor der Hochzeit, er hatte gebrüllt, er werde nirgendwo hingehen, und wenn doch, müsse man ihn mit einem Traktor dorthin schleifen, wie einen widerspenstigen, unglücklichen Stier in den Schlachthof... und jetzt ging er ganz ausgelaugt an meiner Seite, ich sah sogar, daß mein Kleinod glaubte, jeder, der ihm auf der Nationalstraße entgegenkam, erkenne in ihm den berühmten Schriftsteller, er verneigte sich leicht und erwiderte Grüße, die niemand an ihn gerichtet hatte... und aus heiterem Himmel, bevor er mich auf ein Bier zum Pinkas hineinzog, aus heiterem Himmel also hob er mitten in der Menschenmenge die Arme in die Höhe, schüttelte die Hände und schrie... Du bist ein Prachtkerl! Du hast es geschafft! Und dann lud er mich zum Essen ein, zu einem Festmahl in die Passage beim Pinkas, an die Stehbar, wo er für mich ein Bier bestellte und selbst eins nach dem andern trank, im Rhythmus, wie die Kellner die Gläser hereinschafften...

Ich sagte, Mutter, das ist doch unmöglich, ich habe in sein berühmtes Büchlein geschaut, wenn ich das aber lese, bekomme ich den Eindruck, als müßten die Leser die Geschichten zu Hause erst noch fertigschreiben, und daß ich das Schreiben meines Mannes mit vorgekochten Lebensmitteln vergleichen kann, die ich einkaufe und zu Hause erst noch gar kochen und würzen muß, bevor ein Essen daraus wird, ich sagte, Mutter, bei uns zu Hause wurde deutsch gesprochen, aber ich habe tschechische Schulen besucht, irgendwie sind seine Erzählungen geronnen wie Milch, die sauer wird, was meinen Sie dazu, Mutter? Und die Mutter hatte nur darauf gewartet... Aber Madl, Ihr habt ganz recht, schaut, nicht nur in der Volksschule, vor allem in der Realschule hatte er lauter Vierer und Fünfer in Grammatik, in Tschechisch ist er zweimal durchgefallen, einmal in der Prima und dann in der Quarta, und neben anderen Fünfern hat er immer in Tschechisch versagt...

was immer er auch angefaßt hat, Madl, das hat mein Söhnchen verpatzt. Als er zehn war, hat er angefangen, mit einer Laubsäge Ornamente auszusägen, um daraus Schränkchen oder Bürstenbehälter zu basteln... nie hat er was fertiggebracht... dann hat er Briefmarken gesammelt, ich hab ihm ein Album gekauft, er hatte eine Schachtel mit seltenen Marken, die er auf dem Dachboden gefunden hatte... und wie, denkt Ihr, hat er diese Marken ins teure Album geklebt?... Mit Gummiarabikum! Die Briefmarken bestrich er zuerst auf der Rückseite, und nachdem er sie eingeklebt hatte, kleisterte er nicht nur die Marken, sondern die gesamte Seite mit diesem Gummiarabikum voll, alles beschmierte er mit Klebstoff, auch sich selbst und unseren Tisch, und mit den Haaren klebte er dann am Kopfkissen fest, lachte die Mutter... Oder er versuchte es mit dem Buchbinden... nach einem Lehrbuch... er spannte Schnüre in einen Rahmen und schnitt mit einer Feile die einzelnen Bögen von broschierten Bändchen auf... dann heftete er sie, während er schielte und die Zunge herausstreckte, zusammen... dann fabrizierte er den Buchdeckel... und wieder überall Leim und alles verklebt... und wenn er das, was er zusammengeheftet hatte, zwischen die Deckel einfügen wollte... da paßte es nicht, es stimmte nicht in den Ecken... Also, Madl, Ihr dürft Euch über nichts wundern, sein Schreiben kommt von seinen Fehlern und seiner Tolpatschigkeit! Er hat kein einziges Kreuzworträtsel, kein einziges Rebus gelöst, über den Rätseln in den Zeitungen ist er rot geworden, sein Gehirn war blockiert... Ach, und als er dann schon ein junger Mann war, da wollte er nun photographieren... und wenn er mit Entwickler und Fixierbad bekleckert au zimmer kam, war kein einziges Photo gelun falls doch... sah es aus, als seien Rauchschwade über hinweggezogen... Oder wenn der Frühling ka dann gärtnerte er, er hatte Steine und Alpenblümchen besorgt... ach, was hat er sich abgerackert, sich die Finger wundgerissen und abgeplagt, bis er dieses kleine Felsgärtchen bepflanzt hatte... doch zwei Monate später war alles wieder hin... alles war von Erde und Unkraut verschlungen worden! Madl, aus dem, was ich Euch erzähle, könnt Ihr euch ein Bild von Eurem Kleinod, wie Ihr ihn nennt, machen... Nachdem die Deutschen die Hochschulen geschlossen hatten, absolvierte er Eckerts Handelsschule... Und Ihr sollt es ruhig wissen, als einziger von allen Schülern hat er nie Stenographie gelernt, obschon er sich Mühe gab! Das einzige, was klappte, war Schreibmaschineschreiben... Oder als er Fahrdienstleiter war, da hat mein Söhnchen nur eines nicht gelernt, anständig zu telegraphieren, während alle anderen sich über ihn lustig machten... Klavier spielte er auch, obwohl er krumme Finger hatte, er spielte sogar Liszt und Chopin... er wollte spielen, doch seine Finger stotterten immerfort, er stolperte nur so über die Klaviatur... wenn er allein spielte, ging es recht und schlecht, sobald ihm aber einer auf die Finger schaute, oder jemand hinter seinem Rücken stand... dann gab er es auf, er errötete und gab auf... Das einzige, was er zustande brachte, war Plackerei, jede Ferien Getreide aufladen und dann die Säcke von der Dreschmaschine zum Doktor Sedláček auf den Speicher schleppen, der jenseits der Elbe ein Gut, einen Chauffeur und während der Erntete... und hier spielte sich mein udent war, hier rackerte er sich für vurde er von allen gelobt, hier ging Hand, weil er ein Klotz war, ja, das ckerei, das war sein Element, denn ht zu denken, und wenn er seinen r entsetzlich viel von diesem Kornschnaps, überall genehmigte er sich ein Gläschen, und dann trank er in der Schenke Unter der Brücke, und dort spielte er auch die Walzer von Strauß auf dem Klavier, dort hatte er seine Noten liegen... und so vertrank er seinen Zahltag und sagte, es sei eine Wonne, Geld auszugeben, das man mit den eigenen Händen verdient habe... und überhaupt mit solch einer Plackerei... In Kladno war es dasselbe und in der Altstoff-Sammelstelle und im Theater, immer rackerte er sich ab, und wißt Ihr, Madl, warum? Weil er zu nichts anderem fähig war... und erst jetzt, nachdem er alle Möglichkeiten ausgeschöpft hat, wie er ohne Mühe und elegant die Nummer eins, ein Champion werden könnte, jetzt hoppla! ist ein Schriftsteller aus ihm geworden... Madl, das ist eine amerikanische Groteske, ich glaub das nicht und seh es doch, ich lese es in den Zeitungen, mein Söhnchen, man halte sich fest, ist auf dem besten Weg, ein Bestseller zu werden! Ist so was möglich? Nie und nimmer! Doch wie man sieht, ist's möglich, und dabei wird behauptet, es geschähen keine Wunder mehr auf Erden, ich fürchte, er wird noch manch ein Buch schreiben, denn heutzutage sind die Leser ganz schön pervers... Wer liest noch Galsworthy? Und wer Arzybaschew? Wer Jirásek? Aha! Hrabal! Das ist unser Schreiberling... lachte die Mutter und schlug die Hände zusammen... Und ich sagte, Mutter, wie kann er ein Schriftsteller sein, wenn er sämtliche Fragebögen vermurkst? Er füllt sie zwar alle aus, doch erstens zu spät und zweitens... falsch... In die Zeile für den Nachnamen trägt er den Vornamen ein, in die Zeile für den Vornamen schreibt mein Kleinod den Nachnamen, die Nationalität verwechselt er mit der Staatsangehörigkeit, er unterschreibt dort, wo der Stempel hingehört... jedesmal wird er gescholten, und wenn ich den Fragebogen irgendwo abgebe... kehre ich rot vor Scham zurück, jedes Formular muß ich gleich fünfmal mitnehmen... Die Mutter lachte und nickte bei jedem Satz zustimmend... Und ich sagte, Mutter, finden Sie das etwa zum Lachen?

Und ich dachte an die goldenen Zeiten zurück, als mein Mann noch kein Geld hatte, als er froh war, daß ich aus dem Hotel Paris den Henkelmann mit dem Essen für ihn mitbrachte, er wartete nie den nächsten Tag ab, sondern wärmte das Essen immer gleich auf, um Mitternacht verschlang er gierig mal Lendenbraten, mal Rostbraten, mal Gulasch, ich erinnere mich jetzt daran, jedesmal, wenn mein Kleinod mit dem Einkaufsnetz die Vorschüsse für seine Bücher abholte, hatte ich den einen Wunsch, jemand möge ihm dieses Geld stehlen, doch die Leute kamen gewiß nicht auf die Idee, daß mein Mann in diesem Netz Zehntausende mit sich herumtrug, sie nahmen an, es handle sich um ungültige Lose oder etwas Ähnliches, mit diesem Einkaufsnetz lungerte er in den Gäßchen, Gassen und Straßen von Prag herum, er schaute in seinen Kneipen vorbei und hängte sein Netz mit den Hundertern dort an einen Haken.

Er besuchte nicht nur neue Kneipen und neue Bierkeller, er hatte jetzt auch neue Kameraden, er gab sein Geld für Bier aus und zahlte auch das Bier der anderen, immer nur Bier, es war schwierig, ihn in ein Weinlokal zu locken, und gelang es, dann hielt er es dort nie lange aus, er brauchte Bierkneipen, denn er mochte eigentlich gar nicht so sehr das Bier, als vielmehr das Kneipengeschwätz, diesen Lärm, dieses Sichproduzieren der Betrunkenen, kurzum, er schätzte all das, was ich haßte, ich hielt es in so einer Kneipe kaum ein Stündchen aus, mir wurde schwindelig, nicht vom Qualm und vom Gestank, sondern von diesen verrückten Schwätzern, die mein Mann liebte. Jetzt ging er gern zum Pinkas, jetzt ging er zum Varous gegenüber dem Verlag Tschechoslowakischer Schriftsteller, jetzt saß er mit seinen neuen Freunden im Goldenen Faß, er überquerte die Moldau und saß dann mit seinen neuen Kameraden im Olympia, und wieder trank er sein Pilsner, einmal saß ich für ein Weilchen mit ihm und diesen Freunden dort, mir gefiel insbesondere der Herr Linke, ein Beau, der die Bücher meines Mannes lektorierte, da war auch der Herr Ducháček, ein Gnom und Trunkenbold, der mir im Olympia sein Tagebuch zeigte, in das er seinen täglichen Bierkonsum eintrug, in fünf Jahren hatte er insgesamt fünfzehntausend Halbliter getrunken, dieser Herr Ducháček stammte vom Land, doch wenn er einen sitzen hatte, legte er sich gern mit Riesen an, er stand auf und streckte seine Hand aus, schließlich beherrschte er sich und beschloß, diesen Riesen doch nicht zu liquidieren, und dann war da auch noch der Herr Karel Pecka, ein liebenswürdiger, kurzgeschorener Mensch... er hat Haare wie ein entlassener Sträfling, dachte ich, und tatsächlich kam der Herr Pecka aus dem Knast, fünfzehn Jahre hatte er gesessen und dort zu schreiben angefangen, mein Mann hatte seine ersten Erzählungen gelesen und sie sofort den Verlagslektoren, den Herren Ducháček und Dostal, gebracht, und durchs Fenster schien die Sonne ins Olympia, es war ein nettes Restaurant, und alle Freunde meines Mannes waren fröhlich, auf unnatürliche Weise fröhlich, mein Mann trug den Vorschuß in seinem Einkaufsnetz, fünfzehntausend Kronen in Hunderterscheinen, das ganze Netz war voll, als trüge er zwei Kilo Spinat mit sich herum, und jede Viertelstunde wurden weitere Biere serviert, und dann kam irgend jemand herein, ließ die Tür zur Straße offenstehen und sagte mit schöner Tenorstimme... »Heut' geh ich ins Maxim, da bin ich so intim...« und es trat ein Mann mit Brille an unseren Tisch, er wurde mir als der Maler Mikuláš Medek vorgestellt, und ich sah, wie die Kellnerinnen kamen und den Maler ehrfürchtig begrüßten, sie streichelten ihn und fragten, was sie ihm bringen dürften, und Mikuláš Medek bestellte Wermut... und eine Kellnerin mit Brille fragte... und was noch? Und der Maler bestellte einen tiefen Teller... Die Kellnerin lächelte... Und wozu, Herr Medek? Und er sagte... zum Reinkotzen! Und ich stand auf und verabschiedete mich, ich reichte diesem Beau Herrn Linke die Hand und ging weg, und erst nachträglich erfuhr ich, Mikuláš

Medek war zuckerkrank und mußte, wenn er Wermut trank, regelmäßig erbrechen, deshalb also dieser tiefe Suppenteller...

So hatte ich mir selbst eine Falle gestellt. Irgendwie war jetzt alles umgekehrt, denn als ich meinem Mann angeboten hatte, er solle doch zu Hause bleiben und schreiben, ich würde ihn schon ernähren, da ging das gerade mal ein halbes Jahr lang gut. Danach brauchte er weder den Henkelmann noch den Fünfziger Taschengeld von mir, im Gegenteil, er hatte derart viel Geld, daß ich aus dem Staunen nicht mehr herauskam. Und mit dem Erfolg, den ich nicht erwartet hatte, mit dem Erfolg kamen auch die Auslandsreisen. Einmal fuhr er mit einigen Schriftstellern in einem Bus durch Österreich, ich begleitete ihn bis zum Busbahnhof, auch der Künstler Herr Jiří Kolář machte diese Reise mit, und alle diese Dichter sahen aus wie richtige Dichter, nur mein Mann wirkte unter ihnen wie ein Fußballspieler, der zu spielen aufgehört hat, wie ein Bauer.

Und dann fuhr er nach England, hernach nach Frankreich und dann nach Amerika, irgendwie hatte er sich mit Arnošt Lustig angefreundet, der auch nicht wie ein Schriftsteller aussah, er hatte schönes, lockiges Haar und eine Haut so herrlich wie die eines Fräuleins. Ich konnte es fast nicht glauben, als ich erfuhr, daß er im Konzentrationslager Theresienstadt gewesen war, fast sechs Jahre lang, dann hatte er also ab seinem sechzehnten

Lebensjahr sein Martyrium durchlebt, er mochte die Deutschen nicht, und wie mein Mann mir erzählte, hat er nie mehr ein Wort Deutsch gesprochen, Arnošt wußte immer, was er essen wollte, er aß nur Gemüse und Fleisch, während mein Mann, wie ich mir sehr gut vorstellen konnte, alles hinunterschlang, was man ihm auftischte... In Paris wohnten sie im Hotel New York beim Gare Saint-Lazare, schon vor dem Mittagessen und dem Abendbrot plagte sie solch ein Hunger, vor allem meinen Mann, daß er bereits vor der Suppe und der Vorspeise das gesamte Brot und den Senf verspeist hatte, eigentlich war ich froh, daß ich ihn nie auf einer solchen Reise begleitet hatte, ich wäre vor Scham im Boden versunken, wenn ich an einem Tisch hätte sitzen müssen, an dem ein so ungesitteter Mann wie mein Kleinod saß. Und als sie in London ankamen, transportierten Flughafenarbeiter gerade einen großen Flügel durch die Hallen, mein Mann trennte sich augenblicklich von der Gruppe und wies mit den Händen die Arbeiter an, so wie man ein Auto zurückwinkt, wohin sie den Flügel tragen sollten, und so kam es, daß mein Mann diese armen Kerle ein Stockwerk tiefer in das Souterrain dirigierte, und dann noch einen Stock tiefer in den Keller, der Flügel gehörte jedoch in die zweite Etage, ins Restaurant, und die Arbeiter holten sich in der tschechoslowakischen Gruppe meinen Mann heraus und wollten ihn verprügeln, worüber sich die Schriftsteller aus Prag amüsierten, die Slowaken hingegen fluchten, mein Mann würde die tschechoslowakischen Schriftsteller schlecht repräsentieren...

Ich erfuhr, daß Arnošt Lustig, wenn seine Kinder solch einen Radau machten, daß er außerstande war weiterzuschreiben, mit einem Einkaufskorb in die Stadt fuhr und diesen bis obenhin mit Orangen und Bananen, Schokolade und Schleckereien gefüllt zurück nach Hause brachte, er rief seine Kinder, zeigte auf den Korb und sagte... Nun hört mal, euer Papa muß schreiben und ihr macht Radau, wenn ihr schön still seid, bekommt ihr diesen Korb voll Süßigkeiten... Und weshalb bekommt ihr ihn? Weil Papa, wenn er schreibt, Geld verdient, wenn ihr aber wie Bestien herumbrüllt, kann Papa nicht schreiben, und ihr bekommt... was? Einen Scheißdreck... Auch ich hatte den Herrn Lustig ins Herz geschlossen, denn er hatte auf ein Inserat hin ein kleines Häuschen in Roubíčková Lhota gekauft, um dort schreiben zu können, wenn die Kinder an seinen Nerven rissen und die Szenen mit dem Korb und den Schleckereien nichts mehr fruchteten. Und als der Herr Lustig sich endlich an seinen Schreibtisch neben dem Fenster niederließ, um in der Ruhe von Roubíčková Lhota an der Sázava ungestört schreiben zu können, da ertönte eine Detonation, das Häuschen hopste leicht in die Luft, Arnošt aber schrieb weiter, doch gegen Mittag machten ihn diese Detonationen derart nervös, daß er davon träumte, wie gemütlich er doch zu Hause schreiben könne, wo einzig und allein die Kinder Krach machten... Also marschierte er in Richtung dieser Detonationen und stellte fest, unmittelbar hinter seinem Häuschen wurde ein Granitsteinbruch gesprengt, und er fragte, wie lange das noch dauern solle? Und es kam die Antwort, das sei Granit für den Autobahnbau, und es werde in zwei Schichten gearbeitet. Und Arnošt fragte nur noch lächelnd... Und wie lange wird dieser Granit hier noch abgebaut? Nicht lange, erwiderte man, so ungefähr zehn Jahre... Mein Mann erklärte mir, er sei noch nie einem fröhlicheren Menschen als Lustig begegnet, einem so prächtigen Reisegefährten, überall teilten sie das Zimmer, in Paris wie in New York, und alle Stewardessen waren in den Herrn Lustig verliebt, das fing schon in Paris an, wenn mein Mann aufwachte, die beiden schliefen bei offenem Fenster, und beim Gare Saint-Lazare war solch ein Krach, daß man nicht schlafen konnte, mein Mann konnte ja ohnehin nur einschlafen, wenn er schrecklich müde war, schon in Paris saßen also am Morgen, als mein Mann aufwachte, zwei Stewardessen am Bett des Herrn Lustig und kämmten sein dichtes, lockiges Haar, sie fühlten sich geehrt, daß sie einem Schriftsteller das Haar kämmen und mit ihm sprechen durften, und Arnošt saß da und spazierte dann im Pyjama im Zimmer herum, pummelig und ausgeschlafen, als sei er nie im Konzentrationslager gewesen, im Gegenteil, als habe er von Kindheit an nur behaglich in Luxus und Wohlstand gelebt. Mein Mann erzählte mir, wie Arnošt ihn in New York zu seinen jüdischen Bekannten mitgenommen habe, sie hatten nicht nur seine Romane, sondern auch alle seine Erzählungen in Amerika herausgegeben, und wenn mein Mann aufwachte, schlief Arnošt noch, doch an seinem Bett saßen, lagerten und rauchten bereits Redakteure und Lektoren und warteten, bis Arnošt aufwachte, um mit ihm ein

Interview zu machen, um ihm Verträge abzuluchsen, und zwar nicht nur für die Bücher, die er bereits geschrieben hatte, sondern schon im voraus für alle, die er noch zu schreiben gedachte... Und als Arnošt wach wurde, sagte er zu meinem Mann, du häßliche Hure, heute gehen wir Elia Kazan besuchen, und ich kauf dir, wo auch immer du möchtest, eine Dose Spitzenbier... Und so klapperte mein Kleinod mit Arnošt fast ganz New York zu Fuß ab, sie erzählten mir, daß sie einmal aus dem Hotel kamen und auf der 28. Straße plötzlich eine Schießerei losging, die Polizei raste mit entsicherten Colts zum Metroaufgang, von wo aus Unsichtbare schon wieder ballerten, die Leute rannten davon oder warfen sich flach auf den Boden, eine Schießerei wie im Film, und Arnošt Lustig, pummelig und hübsch frisiert, ging auf einen Polizisten zu, der sich mit gezückter Pistole über den Metroaufgang beugte, tippte dem Polizisten leicht auf die Schulter und fragte... Wo gibt es hier, bitteschön, einen Briefkasten?

Damals schickte mein Mann mich zu seiner Mutter, um fünf Kilo Frühbirnen abzuholen, die er in Nymburk bereits bezahlt hatte, ich saß mit der Mutter zusammen und erzählte ihr alles, nicht, daß ich mich beschwert hätte, denn alles, was ich der Mutter von meinem Mann berichtete, brachte sie zum Lachen, und so gab sie mir zusammen mit diesen Birnen noch ein kleines, getigertes Kätzchen und sagte, wenn auch ein Kätzchen, wenn ein Kater nicht mehr hilft, dann ist bei meinem Mann Hopfen und Malz verloren, denn all die Jahre und Jahrzehnte zu Hause habe er keinen geliebt, nur die Katzen und Kätzchen. Also brachte ich ein winziges Kätzchen mit nach Hause, und als mein Mann von seinen Streifzügen heimkam und dieses Kätzchen sah, fragte er gar nicht erst nach den Birnen, und ich sah etwas, was ich bei ihm noch nie gesehen hatte. Dieses Tierchen erschütterte ihn und taute ihn auf, sofort holte er ihm Milch, und als das Kätzchen die Milch aufgeschleckt hatte, als es fertiggeschlabbert hatte, polsterte mein Mann ein Kistchen aus, dann brachte er ein altes Waschbecken, streute Sand hinein, und an diesem Abend verließ er das Haus nicht, er saß nur da und schaute dieses Kätzchen an, er streichelte es, ließ ihm seinen Finger und nahm es hoch, er preßte es zärtlich an sein Gesicht und behauptete, ein solches Kätzchen befreie den Menschen von Wehmut und Kummer, ein solches Katerchen sei großer Gefühle fähig. Und sofort ließ er sich sein Bett zurechtmachen und nahm das Kätzchen mit ins Bett, es schmiegte sich an ihn, aber der Atem meines Mannes stank nach Bier, und das Kätzchen wandte den Kopf ab, da stand mein Mann auf und putzte sich die Zähne, und das Kätzchen rollte sich unter seinem Kinn zusammen und schlief wonniglich, mein Mann lächelte, und das Kätzchen nahm die Haut über seinem Fingerknöchel in sein Schnäuzchen und nuckelte daran, und dann schlief mein Mann, er, der es nicht ausstehen konnte, wenn ich ihn nachts auch nur berührte, er schlief die ganze Nacht über in einer unnatürlichen Position, das Kätzchen war zusammengerollt und nuckelte an einem Finger, und mein Mann, mein Kleinod war glücklich, daß dieses Kätzchen ihn mit seinem rosa Schnäuzchen berührte, daß es so wonniglich schlief...

Von dem Zeitpunkt an, da ich das Kätzchen mit nach Hause gebracht hatte, veränderte sich mein Mann, er ging nicht mehr so häufig in die Kneipen, er gab sich Mühe, schon früh am Abend daheim zu sein, heizte in beiden Öfen ein und beugte sich über das Tierchen, für das er irgendwie ein Katzenmutterersatz war, also putzte sich mein Kleinod nicht nur jeden Abend fein säuberlich die Zähne, er trank auch nur noch bis zum späten Nachmittag Bier, damit der Geruch sich verlor. Wann immer ich aufwachte und nachschaute, nuckelte das Kätzchen am Finger meines Mannes, so schliefen sie zusammen, und so schliefen sie auch noch, als das Kätzchen schon ein Kater war, der Kater schlief erst dann ein, wenn er auf meinem Mann lag und an einem Finger nuckelte. Etánek, so nannten wir diesen Kater, war derart in meinen Mann vernarrt, daß er sich immer auf den Abend freute, und wenn ich das Leintuch hochhob, schlüpfte Etan darunter, er spielte dort im Dunkeln, und ich war ebenfalls in diesen Kater verschossen, auch ich liebte ihn, als wäre er unser Kind, auch ich freute mich auf den Kater, der tagsüber gern in der Sonne auf dem Dach saß, dort, wo mein Mann auf der Schreibmaschine schrieb, jetzt schrieb er sogar, wenn ich zu Hause war, der Kater hockte ja bei ihm, Etan schaute weise auf die Tasten, er blickte liebevoll zu meinem Mann hoch, kam zu mir, sprang auf meinen Schoß, um dann wieder zu meinem schreibenden Mann zurückzulaufen, dieses Tierchen war eine Art Muse meines Mannes. Eines Tages geschah es dann, der Kater war weg, er kam die ganze

Nacht nicht, mein Mann war unglücklich, er ging hinaus, turnte in den Schuppen herum und fragte am nächsten Tag die Nachbarn, ob sein kleiner Kater nicht etwa bei ihnen sei. Mein Kleinod durchsuchte sämtliche leerstehenden Gebäude in unserer Straße, er rief, lauschte, wurde immer trübsinniger und hatte ständig den Eindruck, sein Etánek würde irgendwo miauen, der Kater kam jedoch nicht am Abend und auch in der Nacht nicht zurück... Und gegen Morgen setzte sich mein Mann im Bett hoch, ich stand auf... und da im halboffenen Fenster stand unser kleiner Kater, das Pfötchen hielt er hoch und war verstört, ob wir denn zu Hause seien und er hier richtig, mein Mann rief ihn, der Kater sprang in die Küche und trank gierig Milch, schließlich unterbrach er sein Schlabbern und schaute erst mich und danach meinen Mann an, fast wie ein Mensch dankte er uns und leckte seine Milch, und wieder hielt er inne und blickte uns an, und wir wußten beide, ohne uns wäre er irgendwo verhungert, oder jemand hätte ihn getötet, und so schauten mein Mann und ich einander an im Bewußtsein, daß wir zueinander gehörten, und nach langer Zeit küßten wir uns wieder einmal einfach so, einer erkannte sich im anderen und wir wußten, daß wir füreinander kostbar waren... und der Kater wußte es auch, zuerst saß er auf den Knien meines Mannes, und dann, um auch mir ein wenig zu gönnen, setzte er sich auf meinen Schoß, er saß da und blickte mir in die Augen, dann stupste er mich, schloß die Augen, sah mich nochmals an, und ich, die ich zu Hause nie Katzen gehabt hatte, begriff plötzlich, was es bedeutete, wenn man von einem Tierchen geliebt wird, ich erkannte, was Liebe war, welche Kraft das Köpfchen dieses kleinen Katers ausstrahlte, ich konnte mich ihr nicht entziehen, also schloß ich ebenfalls die Augen und streichelte das Köpfchen, und so wechselten mein Mann und ich uns in diesen Liebesbezeugungen ab, und wir waren glücklich wie in der ersten Zeit unserer Liebe, als ich meinem Verlobten den Henkelmann aus dem Hotel Paris mitbrachte und ihm nach jeder Schicht einen Fünfziger, einen Teil meines Trinkgelds zusteckte...

Nachts, wenn ich bei der Arbeit war und mein Mann in den Kneipen herumlungerte, wartete Etan hinterm Schornstein dort Am Damm Nummer vierundzwanzig auf uns, hinter diesem Schornstein hatte er seinen Beobachtungsposten, von wo aus er bis zur Biegung der Gasse sehen konnte, in der ich oder mein Kleinod aus dem Dunkel ins Licht der Gaslampen treten mußten, manchmal kamen wir sogar gemeinsam nach Hause, wenn mein Mann mich von der Straßenbahn abholte. Der Kater saß hinterm Schornstein auf dem Dach, und sobald jemand in der Biegung auftauchte, streckte er sein Köpfchen dahinter hervor und drehte den Kopf ein wenig, um besser zu sehen, und wenn ich allein oder ab und an auch mit meinem Kleinod um die Ecke kam, schaute auch ich von der Biegung aus auf den matt von den Straßenlampen angestrahlten Schornstein, und wenn wir das uns teure Köpfchen dort entdeckten, das nun wußte, endlich sind sie da, die er auf seinem Dach schon so lange erwartet hatte, dann sahen wir ihn weghuschen, sobald wir jedoch auf der Straße vor dem Haus standen, miaute Etan bereits hinter der Tür, und öffneten wir die Tür, kam er maunzend heraus, strich um unsere Beine und streckte auf dem Gehsteig erst ein vorderes und hinteres Bein lang, dann auch noch die beiden anderen, schließlich streckte er sich über die ganze Länge, und wir gingen in die Knie, hockten uns nieder, und der kleine Kater schloß die Augen und reckte sich, stand ein Weilchen auf den Hinterpfoten, denn er wußte, einer von uns beiden würde ihn zärtlich auf den Arm nehmen und ans Gesicht drücken, und der Kater wurde starr, als sei bei ihm eine Sicherung durchgebrannt, als sei er in Ohnmacht gefallen, er erstarrte in dieser Position, und das war der Augenblick, auf den wir beide immer mit der gleichen Rührung warteten.

Während ich also darauf wartete, daß mein Mann wieder arbeiten gehen und wieder wie ein anständiger Mensch leben würde, veröffentlichte er Bücher, drei hintereinander erschienen gedruckt, und für jedes bekam mein Kleinod einen Preis vom Verlag, und bei jedem, selbst wenn die Auflage fünfzigtausend, ja sogar hunderttausend betrug, war schon am zweiten Tag kein einziges Exemplar mehr erhältlich, mein Mann hatte sich damit abgefunden, daß wir bei unseren abendlichen Spaziergängen durch die Straßen von Prag in den Schaufenstern der Buchhandlungen nie eines seiner Bücher sehen, nie seinen Namen lesen würden... daß alles nur ein Traum gewesen war... Ich sah, daß die Leser meines Mannes immer einen Schritt weiter waren als er selbst, als hätten sie gewettet, wer wen einholen, wer wen überholen würde... Die Leser verschlangen die konfuse Literatur meines Mannes auch weiterhin wie eine Fibel, nicht nur mehr Dreistigkeit, auch mehr Mut brachte mein Mann in seine Texte, er äußerte in ihnen Dinge, die er laut niemals aussprach, dieser Kampf mit dem Leser entsetzte ihn und jagte ihm einen Schrecken ein, und er wartete immer darauf, daß die Falle einmal zuschnappen, daß alle seine Fehlleistungen, alle seine Schocker einem Richter vorgelegt würden, der dann einen Urteilsspruch über ihn fällen müßte. Mir gefiel dieser Gedanke, mein Mann aber wurde in seinen Texten immer unverschämter, und wenn ich schon frohlockte, daß man meinem Kleinod das Handwerk legen und ihn in die Knie zwingen würde, dann erholte er sich immer wieder und bekam weitere Preise zugesprochen, und man fing sogar an, seine Bücher im Ausland zu verlegen...

Während der Arbeit las ich in der Zeitung »Volksdemokratie« eine Anzeige... Verkaufe Wochenendhaus in Kersko, Chiffre, 40000 Kronen. Vor mir tauchte ein Häuschen im Wald auf, mein Mann fährt jeden Tag in der Woche dorthin, und ich komme samstags und sonntags nach, und wenn mein Kleinod schon jetzt nicht schreibt, was wird er wohl schreiben, wenn er ein Häuschen besitzt, da wird er erst recht nicht mehr schreiben, er wird seine letzten Texte hervorklauben, und dann ist Amen mit dem Schreiben, denn mein Mann wird überhaupt keinen Anlaß mehr dazu haben, weil er neben mir und dem Kater auch noch ein Wochenendhäuschen besitzt, und ich wußte im voraus, daß mein Kleinod, wenn wir dieses Häuschen bekämen, in allen Räumen, in allen Öfen heizen würde, und sollten dort keine Öfen sein, würde er welche kaufen, und falls ein Kamin fehlte, würde er einen setzen lassen und einheizen, er würde von einem Ofen zum nächsten schreiten, Holz nachlegen, im Wald herumwandern, das kannte ich von unseren Spaziergängen, mein Mann durfte keine hübsche Birke, keine hübsche Tanne sehen, in solchen Augenblicken stand er immer ganz verdutzt da und betrachtete diese Bäume, und es entging ihm nichts, ich mußte achtgeben, daß er nicht mit diesem Baum verschmolz und ich ihn nie wieder zurückgewinnen würde. Also antworteten wir auf diese Anzeige und warteten.

Und es kam ein Brief, wir leisteten eine Anzahlung und fuhren nach Kersko, um uns das Wochenendhäuschen anzuschauen, dann wurde beim Notar der Vertrag unterzeichnet und ein Restbetrag bezahlt, der im Vertrag gar nicht aufgeführt war... Mein Mann war wegen des Waldgrundstücks ganz aus dem Häuschen geraten. Er konnte es nicht erwarten, bis alles geklärt, bis die Schlüssel übergeben waren, immer wieder fuhr er mit dem Bus zu dem Grundstück im Wald und spazierte dort herum, er überquerte das Bächlein, schnupperte an den Föhren und den Birken, an hundertdreißig Jahre alten Bäumen, die ihm gehören würden, das Häuschen interessierte ihn nicht, ihn interessierten diese Birken und Föhren, die Nachbarn neben unserem Grundstück waren beunruhigt, als sie den fremden Mann sahen, sie veranstalteten sogar eine Jagd auf meinen Mann, er erklärte ihnen seine Lage, doch die Nachbarn beharrten darauf, er solle verschwinden, bevor sie die Polizei riefen, Strolche gebe es hier schon genug. Und während dieser Wartezeit machten wir die Fahrprüfung, während der Wartezeit kauften wir einen Oktavia, einen Škoda-Kombi, schließlich händigten die ehemaligen Besitzer uns die Schlüssel aus, sie gaben uns die Verträge, und das Grundstück und die kleine Küche und das Zimmerchen gehörten uns. Und wie ich vorausgesagt hatte, holte mein Mann sofort einen Maurer, und er ließ noch ein Loch in den Kamin schlagen, an den er einen Musgrafofen anschloß, und dann heizte er, selbst wenn es heiß war, die beiden Heizstellen ein, den Küchenherd und im Zimmerchen den Musgrafofen... denn in diesen Räumen mitten im Wald war es ständig feucht, kaum war uns wärmer geworden, fing mein Kleinod auch schon an, Pläne zu schmieden, er wolle ein kleines Stockwerk draufsetzen, das Dach abreißen und an seiner Stelle eine Art Atelier bauen, so ein abgeschrägtes Atelier mit einem Zinndach darauf, damit er den Regen trommeln hören könnte wie früher in der Brauerei. Damals, als er die Pläne entwickelte und zwischen den Birken und Föhren herumspazierte, als er die ganze Gegend durchstreifte, kam er jedesmal noch fröhlicher zurück, das Schreiben hatte er ganz aufgegeben, er ging überhaupt nicht mehr aus, veranstaltete keine Hochzeiten im Hause mehr, er hatte sich völlig in diese Landschaft gestürzt, die er als Bub und Heranwachsender geliebt hatte, denn er war mit seinen Fräuleins von Nymburk bis hierher spaziert, den Fluß entlang bis in die Wälder von Kersko...

Mutter, sagte ich, seien Sie mir nicht böse, aber ich stelle immer häufiger fest, daß das Schreiben meines Mannes dem Schlachten von Schweinen gleicht. Mutter, wenn Sie all das hören könnten, was mein Kleinod und der Herr Marysko sich gegenseitig von Schlachtfesten erzählen. Wie sie sich darauf freuen, wie zwei Verschwörer beraten sie sich ständig, und sie haben, Mutter, sogar ein slowakisches Handbuch übers Schweineschlachten gekauft, Hausschlachtung heißt es, gleich zweimal haben sie es gekauft und studieren es nun wie die Bibel. Und sie mästen ein Schweinchen in Mléková-Lukosrby, bei ihrem Kameraden Borák und seiner Frau Milena, wir sind schon mal dorthin gefahren und der Herr Marysko hat sein Schweinchen getätschelt, ich mochte aber an ein Schlachtfest nicht glauben, und so geschah es denn auch, als alles schon besprochen war und sie sogar den Sänger Waldemar Matuška persönlich eingeladen hatten, weil der im nahegelegenen Pátek zur Schule gegangen war, da mußte das Schlachten dieses Schweins doch noch verschoben werden, weil Borák allen ein Telegramm schickte... Schlachtfest verschoben, bin krank, Borák. Und letzte Woche wieder, Mutter, dabei hatten sich mein Mann und der Dichter Marysko schon so gefreut, fuhren wir also zu dem Schlachtfest nach Mléková-Lukosrby, es fror Stein und Bein, weshalb mein Kleinod einige Flaschen Wacholderschnaps mitnahm, und schon im Autobus gluckerten die beiden die erste Literflasche weg, Mutter, der ganze Bus stank nach Wacholderschnaps, und nachdem wir ausgestiegen waren, wanderten wir von Chlumec nach Lukosrby, und plötzlich fiel der Herr Marysko stocksteif auf der Hauptstraße um, er hatte Frau Milena drei Kilo Orangen mitbringen wollen, und als er mit dem Kopf auf dem Pflaster, auf dem Kopfsteinpflaster aufschlug und von Orangen zugeschüttet dalag, jubelte mein Mann, das sei doch ein phantastischer Anblick, ein von Orangen zugeschütteter Freund... welch eine Schande, im ersten Stock flog ein Fenster auf und ein Oberförster in Uniform beugte sich heraus, er hatte nach dem Mittagessen ein Nickerchen gemacht, doch der Aufprall von Herrn Maryskos Kopf hatte ihn geweckt... und er schrie... Und ihr wollt Intelligenzler sein!? Schließlich kam der Herr Marysko wieder zu sich und verging fast bei der Vorstellung, daß all die Literflaschen, wäre mein Mann auch noch hingefallen, mit dem in Nitra gebrannten Wacholderschnaps in tausend Stücke zersplittert wären... und dann wanderten wir weiter und weiter, es war entsetzlich, Mutter...

Was heißt da entsetzlich, sagte die Mutter, daran, Madl, müßt Ihr Euch gewöhnen, mit diesem Dichter hat er vor Jahren so oft gesoffen, daß es auch für mich entsetzlich war... Einmal haben sie sich in dem U-Boot dort besoffen, in dem Keller, wo der Herr Marysko hauste, und zwar ebenfalls mit Wacholderschnaps, es war an einem Karfreitag, mein Söhnchen hatte selbstverständlich mehr als alle anderen geschluckt, weil er Schriftsteller werden wollte, ein Kämpe, eine Nummer eins und ein Weltmeister, also trank er Wacholderschnaps gegen den

Durst… und der Herr Marysko wußte nichts Gescheiteres zu tun, als mein Söhnchen auf eine Karre zu laden, und so schob er ihn vom Wasserwerk zur Brauerei, und Karlíček Marysko klingelte an allen Türen, und alle, die aufmachten oder sich aus dem Fenster lehnten, alle Menschen guten Willens forderte er auf, herbeizutreten und mit eigenen Augen zu sehen, wie mein Söhnchen besoffen auf der Karre lag, und so schaffte er ihn bis zur Brauerei, und als Großmama die Tür öffnete, kam sie, die schon schlecht sah, in die Küche gelaufen und schlug die Hände überm Kopf zusammen… Bora ist überfahren worden! Das war unsere Dogge, zum Glück war es aber nicht Bora, sondern nur mein Söhnchen… Der Arzt mußte kommen, denn mein Söhnchen war richtig bewußtlos… Ihr werdet, Madl, mit ihm noch einiges erleben…

Mutter, sagte ich, als wir schließlich in diesem Mléková-Lukosrby eintrafen, herrschte dort große Freude und großes Hallo, Milena war zweifellos in den Dichter Marysko verliebt, sofort wurde ein Wacholderschnaps aufgemacht, und alles war schon zum Schlachtfest gerüstet, auf dem Hof waren Tröge, die Tür zum Stall stand offen, dort waren das Spreizscheit und die Ketten angebracht und gebackene Buchteln für die Leberwürste und überall Töpfe randvoll mit Graupen, und das Schwein hatte nichts mehr zu Fressen gekriegt, damit es über Nacht alles verdaute, und sofort wurden Bratwürste verputzt und Schweinefleischkonserven geöffnet, und alles wurde mit Wacholderschnaps heruntergespült, und mein Mann und der Herr Marysko freuten sich, bedauerten nur, daß André Breton und Paul Eluard und Tristan Tzara nicht dabei waren, sie lachten, und Borák trank nur Bier direkt aus der Flasche, und ich lachte als einzige nicht und hatte Angst, denn Borák war auch so ein bißchen ein Dichter und dachte sich oft wahnwitzige Dinge aus, einmal saßen wir im Restaurant Beim Sojka, und da kam dieser Borák hinzu, eine ganze Gesellschaft von Malern und Freunden meines Mannes war dort versammelt... und er sagte... Verzeiht, Freunde, ich habe mich verspätet, ich komme direkt vom Notar, ich habe meiner Frau zum Geburtstag als kleine Aufmerksamkeit eine Villa gekauft... und alle waren ganz hingerissen, und Borák fuhr fort... er brauche einen Maler, um die Reithalle im ehemaligen Herrensitz der Kinskýs in Chlumec auszumalen, dort züchte er Reitpferde, er gebe in Auftrag, große Leinwände für diese Reithalle anzufertigen, sechs Meter lang, drei solche Leinwände, denn er habe für die Ausschmückung der Reithalle insgesamt zweihunderttausend bewilligt bekommen... Und Borák wurde mit zwei Malern handelseinig, mit den Herren Hampl und Bouše... aber es stimmte nichts von alldem, Mutter, genausowenig wie das mit dieser Villa für Milena und mit dem Schwein, mit diesem Schlachtfest, zu dem Waldemar Matuška persönlich eingeladen war... Und dann stiegen wir in Mléková-Lukosrby mit einer Laterne in den Keller, wo ein Rinnsal floß, dort stand ein Bottich, in dem Milena das eingepökelte Fleisch zum Selchen vorbereitet hatte, und der Dichter Marysko und mein Mann schnupperten an jedem Stückchen, obwohl es fürchterlich stank, und als das Fleisch dann schön in Reih und Glied dalag, nahmen sie ein Stück Keule mit nach oben, und Milena machte aus diesem roten Fleisch Schnitzel, und dann kam der Herr Doktor Halíř in seinem Auto vorgefahren, er war unsäglich besoffen, doch ein schöner Mann, elegant und glattrasiert, und er war dem Herrn Marysko sehr zugetan, weil Marysko Stellvertreter des Konzertmeisters im Nationaltheater war und der Herr Halíř als Laie Cello spielte, und das waren vielleicht wieder Hochrufe und Umarmungen, vor allem, als der Herr Doktor Halíř feierlich verkündete, seine Geliebte habe gestern ein Mädchen geboren, und er müsse nach Königgrätz fahren, um es sich anzuschauen, Milena erzählte mir später, daß der Doktor Halíř an der Hochschule unterrichte und sich eine seiner Studentinnen in ihn verliebt und ihm jetzt ein schönes Kindlein geschenkt habe... Und der Herr Doktor Halíř sagte, er müsse noch diesen Abend nach Hause, da seine Tochter heute die Abschlußfeier in der Tanzschule habe, folglich müsse er am Abend in Gala sein... Also fuhr ich am Nachmittag lieber mit dem Doktor Halíř nach Chlumec zurück, um am nächsten Morgen, wie versprochen, mit der Frau des Dichters Marysko zu diesem berühmten Schlachtfest zu fahren... Mutter, was war die Autofahrt mit diesem Herrn Halíř abenteuerlich, er war außer sich vor Freude, daß er ein kleines Mädchen bekommen hatte, und fuhr mehrmals in den Straßengraben, vor der Stadt verkündete er dann aber, er werde nicht an diesem Tanzstundenabschlußfest teilnehmen, sondern nur schnell sein Cello daheim holen und sofort wieder nach Mléková-Lukosrby zurückfahren, er dürfe sich doch die Gelegenheit nicht entgehen lassen, daß der noch nüchterne Herr Marysko ihm auf seinem Cello zu Ehren des morgigen Schlachtfests wenigstens einen Teil des Dvořák-Konzerts vorspiele, der geniale Komponist Antonín Dvořák habe nämlich auch Metzger gelernt... Verbittert erzählte ich das alles der Mutter, doch sie war überhaupt nicht empört, wie ich sah, tat ihr das gut, sie lachte, schaute zur Decke hoch und sagte dann... schaut, Madl, ich hab es schon hinter mir, jetzt ist es an Euch, mit ihm fertig zu werden... nehmt dieses Leben einfach wie eine amerikanische Groteske. Und wie ging's dann weiter? Mutter, als Frau Věra und ich dann im Kombi nach Mléková-Lukosrby fuhren, trafen wir erst gegen Mittag ein, der einzige noch Lebende dort war Borák, der gerade aus einer Bierflasche soff, und Milena tobte wegen des jungen Metzgers... Ich bring ihn um, fuchtelte sie mit einem großen, fetttriefenden Messer herum... ich bring ihn um! Er hat mir die Leberwurst verdorben, er hat ein halbes Kilo Ingwer hineingekippt, er hat aus der Leberwurst Zuckerplätzchen gemacht... und hinten im Hof waren eine Jauchegrube und ein Misthaufen, und mitten in diesem Mist stand ein Škoda mit offenen Türen und hinter dem Lenkrad lag der Herr Doktor Halíř, bewußtlos, ein Arm hing heraus und steckte bis zum Handgelenk in der Jauche, und der Herr Halíř lächelte selig in seiner Bewußtlosigkeit... Und dann, Mutter, kam eine merkwürdige Prozession aus dem Stall, der junge Metzger trug ein halbes Schwein auf seiner Schulter, neben ihm schritt der Dichter Marysko, das Gesicht an einen Schenkel dieses Schweins gepreßt, und lächelte selig, in der einen Hand hielt dieser Dichter eine Leberwurst, und alle drei schoben sich in eine offenstehende Kammer... und hinter ihnen torkelte ein total besoffener Mann, nur mit Mühe konnte ich an den Kleidern erkennen, daß dies mein Kleinod war, er hielt eine riesige Kasserolle mit rohem Speck in den Händen und trug immer noch seinen neuen Anzug, den er sich bei Bárta in der Nationalstraße hatte schneidern lassen, immer noch das schöne und teure Hemd, die Krawatte hatte bereits Fettflecken, die Schuhe waren voller Mist, diese perforierten Halbschuhe, die ich ihm aus Wien mitgebracht hatte... Milena rief uns zu... kommt schon, bedient euch, wählt aus, die Blut- und Leberwürste liegen auf dem Stroh... Steht nicht da wie ausgerenkte Türflügel... Also nahmen wir einen Teller und wählten Leckerbissen aus, doch Frau Věra, der Gemahlin des Dichters, saß noch immer der Schreck im Nacken über das, was sie gesehen hatte, Frau Věra, deren Vater, wie sie mir im Auto erzählt hatte, vor langem schon darum gekämpft hatte, laut seinen Unterlagen sein Prädikat, er war zum Baron von Tunkel ernannt worden, zurückzubekommen... Und jetzt setzte Věra diese Bemühungen fort, weil auch sie den historischen Dokumenten nach eigentlich eine Baronin von Tunkel war... so einen Schreck, Mutter, bekam diese Věra in der Küche... Was ist denn mit Karlíček los, Milena? Und Milena schöpfte Schweinsbrühe mit Graupen und winkte ab, und Frau Věra quälte sich weiter... War es ihm so übel? Und Milena nahm einen Schluck Wacholderschnaps und sagte... Und wie! Am Morgen lag er auf der Tenne und rief... Trokar! Und ich, Mutter, sah aus dem Fenster, wie mein Mann in diesem schönen Anzug mit einem großen Messer den Speck in kleine Würfel schnitt, er gab sich große Mühe, sah ganz konzentriert aus, als schriebe er... und mich überfiel auf einmal die Lust, ihm dieses Messer wegzunehmen und ins Herz zu stoßen... aber Frau Věra, die sich heute noch darum bemüht, das Prädikat Baronin von Tunkel zu erwerben, fragte Milena weiter aus... Hat er gekotzt, mein Karloušek? Und Milena mit dem blauen Fleckchen im Auge, Milena, deren Gesicht nach einem Infarkt ein bißchen schief geblieben war, Milena winkte ab, und bevor sie auf den Hof hinaustrat, sagte sie herzhaft lachend... Wenn's nur das wäre!... Und dann trat der Dichter Herr Marysko ein, von oben bis unten fettbeschmiert, weil er den Metzger mit dem halben Schwein begleitet und sich an dieses Schwein geschmiegt hatte, er trat ein und sagte... Ich heiß euch herzlich willkommen, liebreizende Feen... Milena, was bin ich plötzlich hungrig, gib mir auch eine Leberwurst und Graupenbrühe... und statt Brot werde ich ein Schweinsöhrchen knabbern... Da haben Sie, Mutter, Ihre amerikanische Groteske, und als Pointe, Mutter, kam der Herr Doktor Halíř in die Küche, so, wie er in der Jauche gesteckt hatte, stand er jetzt da, hatte schöne Augen und sagte bittend, jetzt sei doch der Augenblick gekommen, da Karel, der Stellvertreter des Konzertmeisters vom Nationaltheater, ihm das Adagio aus Dvořáks Cellokonzert vorspielen könne...

Als die Mutter genug gelacht hatte, wehrte sie ab zum Zeichen, daß das, was ich erzählt hatte, noch gar nichts sei gemessen an dem, was sie nun erzählen werde... und während wir sprachen, fanden nicht nur die Mutter, sondern auch ich allmählich die Antworten auf die Fragen, weshalb ihr Sohn so war, wie er war, weshalb er auch jetzt noch so war, jetzt, da die Mutter eigentlich mir ihren Sohn übergeben hatte und wir beide glaubten, wir könnten einen anständigen Menschen aus ihm machen... er hingegen war immer noch der gleiche... warum ist er so, wie er ist? Warum muß er immer diese Nummer eins, dieser Kämpe und Champion im Fressen und Saufen sein, wenn er doch im Grunde seines Wesens ein schüchterner, eher ängstlicher Mensch ist, warum läuft er ständig vor uns davon, und wenn er einmal nirgendwohin mehr ausreißen kann, warum spielt er einem dann dieses schreckliche Theater vor, mit dem er sich nicht nur vor sich selbst, sondern auch vor den anderen produziert? Die Mutter erinnerte sich daran, daß ihr Söhnchen bei jedem Schlachtfest die Nummer eins sein mußte, wie er sich mit Blut- und Leberwürsten vollstopfte, allerdings nur, wenn Gäste da waren, vor denen er sich aufspielen konnte... wenn er jedoch allein war, holte er sich eine kalte Leberwurst, schnitt einige Scheiben davon ab, das genügte ihm, und aß sie mit Brot und trank dazu einen Schluck Bier... Kam der Herbst, erzählte die Mutter weiter, schenkten uns die Wirtsleute eine Menge Rebhühner, ich briet immer gleich zwei Bleche voll, sechzehn Rebhühner, und wenn Gäste da waren, spielte sich mein Söhnchen auf und verzehrte immer gleich vier davon... sobald aber niemand da war, aß er nur ein kleines Rebhühnchen... oder Geselchtes. Ich brachte ihm aus der Selchkammer einen ganzen

Korb, und wenn er allein war, knabberte er nur daran, hatten wir hingegen Gäste, verschlang er schreckliche Mengen davon, und auch noch ohne Brot, er aß so viel Geselchtes, daß die Gäste Minderwertigkeitskomplexe kriegten, am nächsten Tag aber lag er dann krank darnieder... Und warum macht er das alles?

Ich sagte, Mutter, mein Kleinod scheint unablässig irgend etwas angestellt zu haben, er sagt selbst immer, daß er dauernd das Gefühl habe, als hätte er ein schlechtes Zeugnis bekommen und deshalb Angst, nach Hause zu kommen, Mutter, vor sehr langer Zeit muß ihm etwas zugestoßen sein, etwas muß passiert sein, deshalb läuft er immer davon, er ist gern zu Hause, kaum aber komme ich heim, ist er über alle Berge... jetzt, Mutter, seitdem wir dieses Häuschen gekauft haben, jetzt verschwindet er mir nicht nur in die Kneipen, das ginge ja noch, der Polizeikommandant aber hat mir gesagt, er beobachte meinen Mann oft durchs Fernrohr, wie er auf dem Feld in einem Strohhaufen liege, also fährt der Kommandant mit seinem Wolga weiter durch seinen Bezirk, und wenn er nach etwa zwei Stunden wieder vorbeikommt, sieht er durchs Fernrohr, wie mein Mann immer noch im Stroh liegt und mit ausgebreiteten Armen in den Himmel schaut... Zu diesem Schober, Mutter, führt ein Weg, er endet dort, und zwei Traktorenspuren führen bis vors Tor... als hätte kurz davor ein kleines Flugzeug abgehoben... um in den Himmel zu fliegen... und dort liegt mein Kleinod, bis zu den Schultern im Stroh verkrochen... bis dorthin läuft er mir davon, dort hat er seine Ruhe, und der Kommandant erstattet mir Meldung…

Die Mutter wurde ernst und erzählte langsam, als würde sie sich nur mit Mühe und ungern erinnern… Ich habe eigentlich auch oft gesehen, wie er die Leiter auf die Heuböden hinaufkletterte, Madl, dort lag Heu für vier Paar Pferde und zwei Paar Ochsen, und da saß er oft stundenlang… Manchmal baute er sich in einer Mulde hinterm Wäldchen zwischen zwei Birken eine Blechhütte, ein Herd stand auch darin, nur hatte sie keine Fenster, er war oft dort und machte Feuer in dem Herd, draußen schien die Sonne, und mein Söhnchen verkroch sich in die Dunkelheit, in einer so niedrigen Hütte, daß man darin nicht einmal aufrecht stehen konnte… als Junge kam er nie gern nach Hause, und häufig stand er nur so in der Toilette an die Wand gelehnt, wie ein Waisenkind… als Student wiederum kletterte er auf den Dachboden, auf diesen Boden über unserer Wohnung, und wenn es regnete, trommelte es wie wild auf dieses Dach herunter, denn es war aus Blech, mein Söhnchen nagelte sich dort oben aus Brettern auch die letzte Ecke zu, die eine Luke zum Himmel hatte, und ich hörte oft, wie er die Treppe hinaufstieg… eigentlich ist er auch aus unserer Brauerei davongelaufen, nach Libeň… warum wohl? Vermutlich nur, weil dort in Libeň die Sonne nicht scheint, weil man dort selbst noch im Sommer heizen muß, hauptsächlich aber flüchtete er nach Libeň, weil er sich dort verdrücken und allein sein konnte, alles mußte er selbst einrichten und einkaufen, ganz allein,

allein die Wände mit Kalk weißen... Aber jetzt, was treibt ihn jetzt dazu, sich bis zu den Schultern im Stroh zu vergraben? Madl, mir geht ein Licht auf, das, was ich Euch jetzt sage, ist vielleicht keine Groteske mehr, oder etwa doch? Ich, ich hab dieses Söhnchen nämlich bekommen, als ich noch ledig war... Das war damals noch eine Schande... Ich erinnere mich, es war an einem Sonntag, die Mutter bereitete das Mittagessen zu, und ich sagte zu meinem Vater, ich bin schwanger und er will mich noch nicht heiraten... und mein jähzorniger Vater packte mich an der Schulter, warf mich zu Boden und schleifte mich auf den Hof hinaus, dann holte er seine Jagdflinte und schrie... Hinknien, ich werd dich erschießen! Und ich erschrak ganz fürchterlich und faltete die Hände... Doch da kam meine weise Mutter heraus und sagte zu uns... Laßt das, kommt essen, es wird sonst kalt...

Es begann früh am Morgen. Ich fand mein Kleinod auf dem Boden, zuerst dachte ich, er hätte sich betrunken, manchmal kam er beduselt nach Hause und kroch ins Bett, wenn ich noch bei der Arbeit war, denn wenn er so dalag, konnte man doch nicht erkennen, ob er torkelte oder nur Fehlleistungen vollbrachte, im Gegenteil, er war sogar ganz lieb, weil er lächelnd im Bett lag. Nun aber wälzte er sich und bat den Herrgott, er möge ihn zu sich nehmen, er behauptete, in seinem Bauch sei es, als hätte ihm jemand mit einem glühenden Schlüssel die Leber aufgebrochen. Und kaum hatte er das gesagt, rollte er sich wieder zusammen und wälzte sich auf dem

Boden, und er glaubte, gleichzeitig erbrechen und auf die Toilette gehen zu müssen, er war gespenstisch bleich und hatte so schöne Augen, wie ich sie an ihm noch nie gesehen hatte, er bat mich, seine Hand zu halten und versprach mir, von nun an brav zu sein und nur noch Mineralwasser zu trinken, wir würden ein neues Leben anfangen, und wieder wollte er, daß ich ihn festhielt und streichelte, er nahm den Kater und legte ihn sich als Kompresse auf den Kopf, doch Etan wich vor meinem Mann zurück, er hatte sogar feindliche, flachgepreßte Ohren wie ein bissiges Pferd. Und dann kroch der Kater unters Bett, und mein Mann sah darin ein Zeichen, daß er schon bald sterben würde, denn Katzen können den Tod ihres Herrn prophezeien. Und dann war er wieder fast am Ersticken, er bat mich, nicht von seiner Seite zu weichen, er wehklagte und wimmerte, ich brachte ihm ein Becken, ich wußte nicht warum, aber ich war ganz froh, daß er diesen Anfall hatte, als hätte seine Galle meine Bitte erhört, als sei seine Fettleber der Schlußpunkt oder das Ausrufungszeichen hinter all meinen guten Ratschlägen und Warnungen, wie oft hatte ich ihn doch gebeten, nicht so viel zu trinken, nicht diese geselchten Schweinshaxen, nicht diesen Pfefferspeck zu essen, und je mehr er sich wälzte und stöhnte, desto freundlicher lächelte ich, ich stellte ihm das Becken hin, in das er verängstigt wie in ein Waldhorn trompetete, von irgendwoher aus den Zehennägeln kam dieses Würgen. Als der Kater wieder unterm Bett hervorkroch, sträubte sich sein Fell, er schnupperte am Becken mit dem Erbrochenen und sprang durchs offene Fenster ins Freie, denn auf Wunsch meines Mannes hatte ich alle

Fenster aufgerissen, er verlangte ständig nach frischer Luft, und so verabschiedete sich mein Kleinod von mir und von Libeň, so verabschiedete er sich von Prag, von seinen Kameraden ... wenn er jeweils gutgelaunt nach Hause gekommen war, wenn er seine zehn Bier getrunken hatte und ich bereits im Bett lag, setzte er sich mit schwachsinnigem Lächeln neben meine Beine, er hätte sie mir jedesmal fast gebrochen, wenn ich sie nicht rechtzeitig weggezogen hätte, so saß er also da und richtete mir lächelnd aus, wer mich alles grüßen lasse ... und es grüßt dich Mirda der Fechter, es grüßt dich Vladimír, und grüßt dich der ältere Vávra, er wird ein Buch bei Mladá Fronta veröffentlichen, und es grüßen dich Herr Marysko und Herr Buřil, es grüßt dich auch hundertmal der Kellner vom Pinkas und dann der Kellner vom Kater, und einen ganz speziellen Gruß schickt dir der Pikkolo vom Goldenen Tiger ... und er zählte alle Leute auf, die er kannte, und alle ließen nur mich allein grüßen ... und jetzt, als er auf dem Fußboden seiner Wohnung im Sterben lag, als er hingestreckt dalag und weiter würgte, als er nur noch winselte und der Kater von ihm weg in den Morgen hinausgesprungen war, als er mit seinem sechsten Sinn bedeutete, daß sein Herr bald sterben werde, da bat mein Mann mich und nannte mir all seine Freunde, die er insbesondere grüßen lasse, daß er noch im Todeskampf an sie gedacht habe ... und grüß Mirda den Fechter und Vladimír, und grüß den Kellner vom Pinkas und die Pikkolos, die beiden Pikkolos von den Zwei Katzen, und alle Surrealisten, und grüß meinen Bruder ... und als er alle seine Bekannten aufgezählt hatte, wurde ihm wohler, er bat mich, ihm Papier und Feder auf den Boden zu legen, und in den Intervallen zwischen Würgen und Krämpfen schrieb er im Liegen seinen Letzten Willen, der anfing ... Für den Fall, daß Gott mich in die Ewigkeit abberuft, ordne ich folgendes an ... und er vermachte seinen gesamten Besitz mir und seine Bücher seinen Freunden, unser Häuschen dort in Kersko vermachte er den Fußballspielern des Sportklubs Polaban Semice, damit sie ein Klublokal hätten wie die Mannschaft von Dukla in Vodoklasy, dann könnte sich Semice vor dem Spiel jeweils im Häuschen Nummer 248 in Kersko versammeln ... Ich ging hin und her, stand in der Tür und schaute, wie die Sonne zwar noch nicht aufging, hinter dem Wall der Dächer aber schon bernsteinfarbenes Licht lag ... das war so ein Steckenpferd meines Mannes, wenn wir zum Beispiel nach Brünn flogen, legte er seinen Letzten Willen auf den Schreibtisch, wenn er allein ins Ausland fuhr, wenn er seine Reisen machte, von denen er mir nie etwas mitbrachte, allenfalls mal eine Brille, und die hatte er in Prag am Bahnhof gekauft, dennoch behauptete er, es sei eine teure Brille aus London ... und seine Testamente hatten fast immer den gleichen Wortlaut, alles vermachte er mir, und wenn wir zusammen mit dem Auto oder mit dem Bus irgendwohin fuhren, oder wenn wir flogen, dann vermachte er alles seinem Bruder, die Bücher seinen Freunden und das Häuschen in Kersko den Fußballspielern des Sportklubs Polaban Semice ... Seit er ein berühmter Schriftsteller war, bangte er um sein Leben, er ging sogar am äußersten Rand der Gehsteige und schielte immer nach oben, am liebsten wäre er in der Mitte der Straße gegangen, wenn dort nicht Autos und

Straßenbahnen führen, weil ihn der Eindruck nicht losließ, alle Gesimse warteten nur darauf, ihn totzuschlagen, mit Genuß einem so berühmten und schönen Schriftsteller das Leben zu rauben... Und als irgendwo hinterm Haus im Forschungsinstitut dort die Morgenschicht begann und riesige Feilen und Sägen wie jeden Tag dicke Wellen und Balken zersägten, als alle zehn Minuten dort hinter der Mauer, die unsere Küche beinahe erdrückte, ein Stück herabpolterte und es dermaßen dröhnte, daß das ganze Gebäude erzitterte, und als alle paar Stunden der Schlag von einer Wucht war, daß auch noch der Putz abbröckelte, den Maurer dann allmonatlich wieder draufpflasterten, als nun dieser erste Schlag donnerte und im Innern des Instituts ein abgesägtes Wellenstück zu Boden fiel, da hatte mein Mann seinen letzten Willen beendet, und gleichzeitig klang auch die Gallenkolik ab... Er stand auf, schlurfte völlig ausgepumpt zum Bett und legte sich hin, ich schüttete das Becken mit dem Erbrochenen aus, brachte frisches Wasser und wusch ihn mit einem Waschlappen, ich rieb ihm die Brust trocken und rief den Kater, streichelte ihn und nahm ihn auf die Arme, ein Weilchen stand ich in der Tür, der Kater tat wie immer, als fiele er in Ohnmacht, so herzten wir uns ein Weilchen, und dann trug ich ihn zum Bett, in dem mein frischgewaschener Mann mit geschlossenen Augen lag, in diesem Augenblick ähnelte er einem Skelett, ich legte den Kater ins Bett, mein Mann streckte die Hand aus und streichelte ihn, der Kater schmiegte das Köpfchen in seine Handfläche und fing an zu schnurren, er rollte sich neben dem Kopf meines Mannes auf dem Kissen zusammen und nahm die Haut überm Knöchel zwischen seine Zähnchen, er lutschte an diesem Gelenk und schlief friedlich ein... Und mein Mann öffnete die Augen und lächelte mich an, und ich zog eine finstere Miene, wußte aber, daß mein Mann das Sterben hinter sich hatte...

Und es fand eine Hochzeit statt in unserem Hause, der schüchterne Jenda von der Pawlatsche über uns heiratete, Jenda, der mir immer aus dem Weg ging, und wenn wir einander notgedrungen begegneten, dann errötete er, der meinen Mann abgöttisch verehrte und aus diesem Grund zu trinken anfing, Jenda hatte Bekanntschaft mit einem Mädchen geschlossen, wenn er aber betrunken war, schrie er sie an, ich konnte Jenda nicht mehr wiedererkennen, er hatte das Aufgebot und dann die Hochzeit wie ich damals im Schlößchen auf dem Schloßberg bestellt, das Festessen fand im Svět statt, und nach dem Mahl, als die Gäste in die Wohnung der Neuvermählten kamen, um auf deren Glück anzustoßen, kam Jenda im Hochzeitsgewand und mit der Myrte und seinem Lächeln zu uns heruntergetorkelt, der Kater Etan sprang aus dem Fenster und versteckte sich im Hof, ganz entsetzt über den betrunkenen Jenda, der eine Flasche Wodka mitgebracht hatte und in der anderen Hand zwei Gläschen hielt, er setzte sich, völlig verschwitzt vom Alkohol, goß Wodka ein und stellte ein Gläschen vor meinen Mann hin... Herr Hrabal, ich bin Ihr Schüler, Sie haben mir den Weg gezeigt, dank Ihrer Bücher bin ich wieder ein Mensch, ich fürchte niemanden mehr, trinken Sie auf mein Wohl!... Und mein Mann begann zu würgen, als wäre er beim Herrn Professor Skála in Behandlung gewesen, als hätte er eine Entziehungskur hinter sich... Er erbrach sich, klopfte Jenda auf die Schulter, begleitete ihn hinaus und gratulierte ihm, er verneigte sich vor Jenda, als dieser aber die Treppe hinaufstieg, sackte er auf der vierten Stufe in die Knie und schlief ein, im Hochzeitsanzug schlief er ein, ich sah, wie die weißgekleidete Braut Jenda mühsam die Treppe hochzerrte, eine Stufe um die andere, sie war eine stämmige Braut, ein kegelförmiger Typ wie die Wienerinnen, und als sie ihn hinaufgezogen und hingelegt hatte... war nicht einer im Hof, keiner schaute aus den gegenüberliegenden Fenstern, und da warf sie, ans Geländer der Pawlatsche gelehnt, ihren Schleier in die Luft, es war wunderschön, diese jungvermählte Frau in unserem immer mehr verfallenden Haus, eine Braut wie aus einem Modejournal...

Ich war sehr froh, daß wir diesen drei Meter langen und einen Meter hohen Spiegel aus meinem Elternhaus in Piešt'any mitgenommen und an die Wand geschraubt hatten, schon wenn ich unseren kleinen Hof betrat und das Fenster offenstand, konnte ich sehen, wie ich, von der Sonne angestrahlt, im Schatten des Hofs verschwand, ich erblickte mich in diesem Spiegel an der Wand unseres Zimmers und verschwand dann, und im Innern mußte ich Licht machen, selbst wenn draußen die Sonne schien, so schattig und kühl war es hier immer... Wenn mein Mann nicht daheim war, spazierte ich vor diesem Spiegel auf und ab, manchmal verschränkte ich die Arme und musterte mich aufmerksam, dieser Spiegel hatte mich schließlich von klein auf begleitet, ich hatte schon als kleines, dann als größeres Mädchen hineingeschaut, und ich hatte, bevor man uns, weil wir Deutsche waren, auf einen Wagen verfrachtete und ins Sammellager abtransportierte, darin den sich entfernenden Rücken meines Vaters gesehen... Und als wir in Piešt'any ein neues Leben anfingen, spiegelte dieser Spiegel nicht nur mein Leben wider, sondern auch das Leben meines Papas und meines Brüderchens Heini... wir hatten uns alle gefreut, mit einem gemeinsamen Paß nach Deutschland auszureisen, doch erhielten nur mein Vater und meine Mutter die Genehmigung... Heini und ich mußten, weil wir tschechische Schulen besuchten, in diesem Spiegel, daheim bleiben... in diesen Spiegel hatte ich geschaut, Papa ging zum Bahnhof, und ich sah nur seinen sich entfernenden Rücken... dann standen wir alle auf dem Bahnhof... der Zug fuhr ab... wir weinten, und als ich zurückkam, waren Heini und ich für immer in diesem Spiegel allein... und dann hatte ich mich in diesem Spiegel in Piešt'any ein letztes Mal gesehen, als ich nicht mehr länger auf der Welt bleiben wollte, als mir alles verleidet war, ich schaute in den Spiegel und sah meinen Augen an, daß ich nicht mehr auf dieser Welt leben durfte, leben konnte, allein schon wegen dieses Anblicks, wegen des Anblicks einer Frau, die ihre Liebe mit ihrem Schatz vertan hatte... so hatte ich mich damals angeschaut und zwei Hände voll Tabletten geschluckt, ich hatte in diesen Spiegel geschaut, bis ich darin langsam zerfloß, und bevor ich das Bewußtsein verlor, schien mir, als würde ich aufschreien, im grellen

Licht sah ich in diesem Spiegel alle meine Blicke, den Verlauf fast meines ganzen Lebens...

So gehe ich oft auf und ab, bleibe stehen und betrachte mich, hier in Libeň Am Damm zur Ewigkeit, wie mein Mann sagt, und seit der Zeit, da er einige Bücher veröffentlicht hat, lebt er mit dem Gefühl, tatsächlich Am Damm zur Ewigkeit zu stehen, und ich auch, hier in diesem Spiegel sehe ich mich ebenfalls irgendwie aus dem Blickwinkel der Ewigkeit, ich schaue mich nie an, wenn mein Mann da ist, ich muß vor diesem Spiegel allein sein, oft sehe ich mich als die Schlampe, die ich einmal war, damals, als ich in Žižkov bei der Mama meines Jirka wohnte, den ich mit der Zeit vergaß, ich vergaß auch seine Gitarre und alle diese spanischen Soli, die er mir darauf vorgespielt hatte... und dann war dieser Brief von meiner Tante Pišinka aus Wien gekommen, ein einziger Brief, der mir die Augen so weit geöffnet hatte, daß ich mich schämte... Und seit jenem Brief war ich immer herausgeputzt und hatte mir diese roten Schühchen und neue Wäsche gekauft, weil die Tante aus Wien mir geschrieben hatte... wenn Du nicht willst, daß man Dich als Erdäpfelknödel ansieht, mußt Du Dir Mühe geben, damit man Dich als Parisertorte behandelt... Und ich bin eine Parisertorte geworden, jeden Tag schaue ich mich im Spiegel an, damit ich wirklich anständig aussehe, wenn ich das Haus verlasse... ich schnuppere auch fast an mir im Spiegel, wenn ich mir die Augenbrauen nachziehe und Lidschatten auflege, und seit der Zeit, da ich bei Karli in Wien war, denke ich oft an Tante Pišinka... er hatte mir damals erzählt, daß Tante Pišinka, die sich wie eine Parisertorte zu benehmen verstand, sich ein neues Ballkleid aus Nylon mit Rüschchen hatte nähen lassen... und an Heiligabend, als sie darin in geheucheltem Staunen zum Christbaum stürzte, fing dieses Kleid, als sie am Kamin mit den brennenden Holzscheiten vorbeirauschte, Feuer... dieses Pariser Rüschchenkleid aus Nylon... verbrannte mitsamt dem Nylonschal... und der Perücke... Und die Tante Pišinka schreitet jetzt häufig mit mir durch meine kalte Wohnung, und wenn ich mich prüfend anschaue, sehe ich hinter mir manchmal das Köpfchen meiner Tante, wie es sich über mich beugt, meiner Tante, die ich zum letzten Mal gesehen hatte, als ich noch ganz klein war, die ich eigentlich nur von Photographien her kannte... und jetzt beugt sie sich hier in Libeň Am Damm zur Ewigkeit oft über mich, und ich höre, wie sie mir ins Ohr flüstert... du mußt immer schön herausgeputzt und appetitlich sein, wie eine Parisertorte...

Mein Kleinod schaute gern in diesen Spiegel, blieb aber nie vor ihm stehen, sondern ging auf und ab, er warf einen Blick in den Spiegel, nahm sein Bild wahr, ging weiter und dachte über sich nach, ich sah ihn oft, wenn ich zurückkehrte, schon vom Hof aus sah ich das erleuchtete Zimmer, eine zweite Lampe hing im Spiegel, die Möbel hatten sich verdoppelt. Wenn diese Hochzeiten im Hause stattfanden, sah das Zimmer völlig überfüllt aus, weil ja die ganze Hochzeitsgesellschaft zweimal dort anwesend war. War mein Mann jedoch allein, betrachtete er sich auf andere Weise. Irgendwie beobachtete er, wie sehr er gealtert war, er betrachtete seine Augen, stützte sich mit den Handflächen auf die Handflächen im Spiegel und schaute sich scharf an, und er konnte gar nicht genug davon bekommen... Und ich sah und begriff, nur ein Mensch, der wußte, daß er an einer schweren Krankheit litt, war imstande, sich so anzuschauen und zu beobachten, ein Mensch, der wußte, daß er womöglich binnen eines Jahres sterben würde, denn so schaute mein Kleinod sich an, seit der Gallenkolik glaubte er nicht mehr an sich und erforschte im Spiegel, wie sein Zustand wohl sei, oft schob er mit dem Finger ein Augenlid hoch und schaute, ob er nicht etwa Gelbsucht habe, er strich über die Fältchen rund um seinen Mund und über seine eingefallenen Wangen, er betastete die Ringe unter seinen Augen, und dieser Blick in den Spiegel konnte ihn nie erfreuen, im Gegenteil, er wurde dabei immer ernster, er bekam einen Schreck, doch erschrak mein Mann gerne, nicht nur über sich selbst, sondern über alle Begebenheiten, die nicht nur ihm, sondern auch anderen Leuten widerfahren waren, für meinen Mann war nämlich das, was anderen zustieß, gleichbedeutend mit dem, was ihm zustieß...

Damals, als diese Kolik überstanden war, als er nur noch am Pilsner nippte, als er keinen Bissen fettes Schweinefleisch essen durfte, meinen Mann beglückten aber gebratenes Bauchfleisch und gebratene Schweinshaxen mehr als alles andere, damals also durfte er nur noch gekochtes Rindfleisch zu sich nehmen, seine Schritte waren langsamer geworden, jetzt ging ich vorneweg und drehte mich zu ihm um, ich, die ich immer drei Schritte hinter ihm hergetrippelt war, überholte ihn jetzt, ich drehte mich genüßlich um und schrie ihn an... warum gehst du so langsam? Und hatte dennoch keine Freude daran, im Gegenteil, ich war wütend, denn ich sah, daß ihm jetzt nichts mehr fehlte, diese Galle hatte ihn aber zu Tode erschreckt, mein Mann staunte damals, daß er überhaupt noch auf Erden war, er, der Schwerkranken so gern Ratschläge erteilte, lebte weiterhin in Furcht und Entsetzen, obwohl ihm nichts mehr weh tat, dauernd tastete er den Bauch ab, ständig beobachtete er sich, er ging liebend gern zum Doktor Adam, um sich nach seinem Blutbild zu erkundigen, doch der Doktor Adam winkte nur ab und versicherte meinem Mann lachend, daß ihm nichts fehle und er noch Zeit habe, daß er, wie alle mit ihm Vergleichbaren, einen Kandidaten für einen prachtvollen Gallenstein abgebe, der, wenn die Zeit gekommen sei, herausoperiert werde, denn weder mein Mann noch sein Blut verrieten irgendwelche Anzeichen, die darauf schließen ließen, daß es sich um Krebs oder eine Fettleber handle... Wenn mein Kleinod allerdings vom Doktor Adam heimkehrte, setzte er sich vor den Spiegel und behauptete, er habe in den Augen des Doktors etwas bemerkt, was dieser ihm verheimliche, der Doktor wolle ihm den wahren Zustand nicht verraten, er habe mit der Krankenschwester geflüstert, und erst als mein Mann sich umgedreht habe, habe der Herr Doktor Adam aufgehört, hinter seinem Rücken zu tuscheln...

Und dieser Mann, der stets allen Menschen Optimismus geschenkt hatte, der mit Vladimír immer wie eine Fackel durch die Gassen der Stadt gezogen war, stets ein bißchen angeheitert und sprühend vor Lachen, so daß die Leute sich nach ihm umdrehten, der schlich jetzt ganz kleinlaut daher, er drehte den Kopf, sah sich um, lauerte und erschrak vor Dingen und vor Menschen, er war verunsichert, als hätte er etwas verbrochen... und ich schritt vor ihm her auf dem Höhepunkt meiner Kräfte und trug die hübschesten Kleider, selbst bei schönem Wetter begleitete mich ein neuer Regenschirm, mein Mann hatte mir nämlich, als er sich wieder einmal zusammen mit Vladimír betrunken hatte, zwei Seidenschirmchen gekauft, ein blaues und ein rosarotes, eigentlich waren sie nicht für mich bestimmt, das war ganz typisch für meinen Mann, wenn er die Kneipe verließ und ihn etwas aus einem Schaufenster anlachte, dann ging er in den Laden, einmal war es eine Sportmütze, zwar eine Wintermütze, doch wurde sie schon im Sommer verkauft, er erstand gleich vier Stück, teure Wollmützen, ein andermal brachte er zwei schottische Schals mit nach Hause, dabei trug er nie einen Schal, er behauptete immer, sein Hemd müsse ein bißchen offenstehen, trüge er jedoch einen Schal, würde er sich sofort erkälten... und dann kamen sie damals mit diesen beiden Schirmchen an, mit einem himmelblauen und einem rosaroten, die Sonne schien, und diese beiden Schirme betraten den Hof, sie überreichten sie mir zwar als Geschenk, waren zuvor aber mit ihnen durch ganz Prag stolziert, hatten sämtliche Kneipen abgeklappert und waren glücklich, Aufmerksamkeit zu erregen, denn mit diesen Schirmchen waren die beiden die Champions, die Weltmeister, die Nummern eins... Und ich kaufte mir wieder zwei Paar gleiche Schuhe, rote italienische Schühchen mit hohen Absätzen, darauf schritt ich aus und mein Mann hinter mir her, er trippelte und schlich wie ein lahmer Hund, er drehte sich um und hatte unsäglich traurige Augen, flüsternd teilte er mir mit, daß er gerade in diesem Augenblick die Todeszone durchquert habe und spüre, wie der Tod ihn beobachte, er habe das zwar vor längerer Zeit schon irgendwo mal gelesen, doch nur das gewußt, was er gelesen habe, jetzt aber, so schwer, ja geradezu auf den Tod erkrankt, jetzt habe er alles in Wirklichkeit erblickt, diesen Tod, der ihn herzhaft lachend mit einem Fernrohr beobachte...

Zu jener Zeit brach er einmal allein nach Brünn-Židenice auf, um die Gräber seiner Großmutter und seines Großvaters und das Grab von Onkel Bob zu besuchen und vor allem, um zwei Tage in seinem Geburtshäuschen in der Balbíngasse zu verweilen, das jetzt sein Cousin Jiřík bewohnte, der wie auch mein Mann ein Katergesicht und vorspringende Backenknochen hatte, von den Avaren und Tataren geerbt, wie mein Mann sagte und damit prahlte, er betrat das Häuschen unterhalb des Židenicer Friedhofs, stieg die krumme Wendeltreppe zum Dachboden hinauf, wo Jiřík die alten Möbel aus der Küche und dem Zimmer verstaut hatte, diese Möbel, die ihm nicht gefielen, also hatte er moderne gekauft und die alten, in denen mein Mann als kleines Kind gelebt hatte, auf dem Dachboden untergebracht, die Betten, auch das, in dem mein Mann zur Welt gekommen war, alle Bilder, deren Gesichter nun der Wand zugekehrt waren, die Heiligenbilder, und alles war so aufgebaut, daß irgendein Verwandter es gleich mitnehmen konnte... Und mein Mann stellte auf dem Dachboden die Möbel so auf, wie sie früher gestanden hatten, er setzte sich ans Tischchen mit dem roten Filzbezug, dort lag das Samtalbum mit den Porträts aller Vorfahren meines Mannes, eine Fußballmannschaft von Männern und Frauen mit den vorspringenden Backenknochen, Beaus und Kerle wie Inquisitoren, so hatte das Leben diese vielköpfigen Familien gezeichnet, dort oben berührte mein Mann all diese Gegenstände und Möbelstücke, dort schaute er sich nochmals all die Heiligenbilder an, die er als Kind immer betrachtet hatte, die ersten Bilder, als er noch im Kinderwagen lag, dort hängte er die Zuglampe auf, die einst mit Petroleum genährt wurde... und als er sich von alldem verabschiedet hatte, kam mein Mann wieder nach Libeň zurück und brachte ein Gewürzregal mit, so ein kleines Schränkchen mit Schublädchen, und auf jedem war ein kleines Emailschild angebracht... Ingwer... Pfeffer... Neugewürz... und ein Extraschublädchen für die Vanille... Er brachte es mit und legte mir ans Herz, das sei nur ein Beispiel dafür, was für schöne Dinge dort auf dem Dachboden lägen, was für schöne Möbel, Möbel, in denen er als kleines Kind gelebt habe, als dreijähriger Bub und später immer in den Ferien, und er müsse diese Möbel aus Küche und Zimmer hierherbringen, wir würden umziehen, er würde eine Wohnung kaufen, wo er jenes Zimmer und jene Küche haben könnte, in denen er zum ersten Mal die Welt erschaut hatte.

Und dann schilderte mein Kleinod unter großem Gelächter, wie er in Polná fast ertrunken wäre, er erzählte die Geschichte mit Begeisterung und einzig und allein, damit die Leute ihn bewunderten und die Überzeugung teilten, die mein Mann von sich selbst hatte, nämlich daß er ein Champion von Weltformat war, eine Nummer eins, ein Meister der Republik, selbst noch in solchen Bagatellen, wie das Ertrinken eine war. Und als er aus Židenice heimgekehrt war, fuhr er nach Polná, um sich dort die Brauerei anzuschauen und auch dort die Küche zu besichtigen, in der er auf einem Stühlchen gesessen hatte und sich die ganze Welt um ihn drehte, weil er mit seinen drei Jahren so betrunken war, daß er die Schnürsenkel nicht mehr hatte aufknüpfen können, er erkannte auch das Tor wieder, unter dem es immer von Schülern gewimmelt hatte, denn die Bürgerschule und die Grundschule standen dort, er erkannte auch das Haus wieder, in dem der Konditormeister Herr Hazuka gewohnt hatte, vor allem aber ging er zu dem Bächlein, um dem Bächlein seine Ehre zu erweisen, in das er damals gefallen war, wobei er so viel Wasser geschluckt hatte, daß sich im ganzen Städtchen die Nachricht verbreitete, er sei ertrunken, und die Kinder hatten ihm bereits Bildchen für den Sarg gebracht... Da stand er nun am Bach, dorthin war mein Mann gefahren, um seinen ersten Tod auszukosten, seinen Versuch, durch einen unglücklichen Zufall zu sterben, er saß dort und bedauerte, daß dieser Tod ihn erst jetzt heimsuchte, in Libeň, und daß er wie jeder Tod ungelegen kam... Und dann stand er den ganzen Nachmittag in Polná auf dem Marktplatz, auf dem Sandstein ertastete er die Sonne, die sich in dem Brunnen spiegelte, in dem er mit fünf Jahren fast ein zweites Mal ertrunken wäre, an einem Sonntagvormittag, eine Frau, die im Rollstuhl am Fenster saß, sah ihn, doch das war unwichtig, Hauptsache war, daß diese Frau, während alle anderen vor ihrem Sonntagsbraten saßen, als einzige nicht aß, da sie eine Gallenkolik hinter sich hatte, also sah sie, wie der Junge in den Brunnen fiel. Auf diese Weise verfolgte mein Mann die Spuren seiner Geburt, die Spuren seines Ertrinkens und Wiederauferstehens von den Toten, was ein Werk von Herrn Doktor Michálek war, jenes Arztes, der die Anežka Hrůzová im Wald von Březina untersucht hatte, nachdem man sie dort mit durchschnittener Kehle gefunden hatte, wie mein Mann laut lachend nicht nur mir, sondern allen erklärte, denen er seine zahlreichen Todesarten schilderte.

Und dann machte sich mein Kleinod mit mir nach Nymburk auf, zu jenem Ort, wo er seine schönsten Jahre verbracht hatte, jene Jahre, die ihn so stark prägten, daß er sich eigentlich immer als ein Mensch von der Elbe empfand. Er führte mich durch die Gäßchen und zu den Gebäuden, die noch genau so aussahen wie damals, als er sechs Jahre alt war... Ich mußte mit ihm an den übelriechenden Wällen entlang durch die Gäßchen wandern, mußte mich zurückbeugen und zu dem Wasserturm hochschauen, jenem Jugendstilturm, den ein gigantisches Gitter abschloß, wie eine eiserne Königskrone sah es aus, die jetzt allerdings abgenommen war und neben diesem Turm lag, so daß man sie anfassen konnte. Ich mußte das Geländer der Steinbrücke berühren und die Struktur des Steins betasten, weil er dieses Geländer früher immer nach Schulschluß mit seinen Fingerspitzen berührt hatte. Ich mußte mit ihm die Kathedrale des heiligen Ägidius besuchen, er zeigte mir, wo er als Schüler gestanden hatte, der Katechet Nikl hatte nämlich die Kinder mit einem Strichelchen bedacht, die sonntags in die Kirche gingen, und mein Mann war, wie er versicherte, immer gern zur Kirche gegangen... Dann stand ich mit meinem Mann vor einem Renaissancetor, das zum Scharfrichterhaus führte, dann vor dem gigantischen verschlossenen Tor der alten Pfarrei, dieses Tor war für immer geschlossen, ich spähte mit meinem Mann durch einen Spalt und konnte nichts außer einigen Statuen, einem eingerissenen Gartenzaun, einem umgestürzten Denkmal und einem riesigen roten Turm erkennen. Ich stand da, schaute in den Garten und sah, wie mein Mann in immer größere Begeisterung über all das geriet, was er mir zeigte, er blickte nie dorthin, wohin er mir zu schauen befahl, sondern sah immer nur mich an, wie das, was ich sah, auf mich wirkte. Ich allerdings hielt nicht ein einziges dieser Gebäude, nicht eine einzige dieser glorreichen Begebenheiten für bemerkenswert... Ich schritt weiter mit meinem Schirmchen aus und gab meiner Verwunderung Ausdruck... Im Ernst? Ist das möglich? Wer hätte das gedacht... Er führte mich sogar zur Brauerei, überlegte es sich dann aber anders... von dort sind wir ja schon einmal verjagt worden... Ich bin nun wirklich zum letzten Mal hier, sagte er zur Brauerei, und wir kehrten in die Stadt zurück, mein Mann schwieg, irgendwie war es, als sei er aufgewacht, er sah sich um, neigte sich übers Geländer, schaute zu den Ufern mit den meterbreiten Schlammanschwemmungen herunter, auf den Wasserspiegel, unter dem der Fluß seiner Kindheit wie Erlensaft dahinrann... Und plötzlich überholte mein Mann mich am Ende der Brücke, er schritt aus wie früher, drehte sich um, und von seinem Gesicht strahlte wieder dieses freche Lächeln, das die Leute, wie er gerne erzählte, wenn sie den kleinen Jungen mit dieser Visage sahen, vom Fahrrad springen ließ, sie gaben ihm eins aufs Maul, und mit dem beruhigenden Gefühl, etwas zurechtgebogen zu haben, was durch die Dreistigkeit dieses Lächelns im Universum verkrümmt war, schwangen sie sich wieder aufs Fahrrad und strampelten weiter...

Mein Mann sagte gern von sich, sein Charakter ändere sich mehrmals am Tag, er sagte, er lächle einige Stunden unter dem Eindruck, eine Million gewonnen zu haben, dann wiederum sei es stundenlang, als hätte er an Scheiße geschnuppert, sein Charakter gleiche dem Aprilwetter, irgendwie sei er manisch depressiv, einige Stunden stelle er nicht nur für sich, sondern auch für andere kühne Perspektiven auf, um dann wieder einen halben Tag lang über das Nichtsein zu sinnieren. So ähnlich war es auch, auf diesen Charakter erhob er Anspruch, ich aber mußte immer guter Laune sein, sobald er sah, daß auch mein Charakter einem Kinderpopo oder dem Aprilwetter glich, hielt er mir sofort Vorträge über die Ausgeglichenheit des Geistes, sofort las er mir aus Senecas Schriften über die Seelenruhe vor, er ertrug es nicht, daß auch ich, und sei es nur für einen kurzen Augenblick, schlecht gelaunt war.

Erst später wurde mir klar, erst als ich einmal heimkam und er auf einem Stuhl saß und ich bereits vom Hof aus sehen konnte, daß er bestimmt schon länger als eine Stunde in den Spiegel schaute, daß er versuchte, sich gerade in diesem Spiegel Klarheit zu verschaffen, genau so, wie er gern nach Nymburk und von Nymburk nach Polná und von dort noch weiter nach Židenice rückwärts schritt, wie er ständig bereit war, sich selbst anzuklagen, es war das einzige, was ich an meinem Mann schätzte, daß er eine sehr schlechte Meinung von sich hatte, daß er alle die Begebenheiten aus seiner Vergangenheit im Gedächtnis behalten hatte, die ihn erschreckten, die er früher mit kreuz und quer genagelten Brettern versperrt und verrammelt hatte wie ein zerbrochenes Fenster oder die Tür eines verlassenen Gutes, wie einen vergifteten Brunnen. Deshalb war wohl dieses Fräulein in seinem Innern erhalten geblieben, deshalb liebte er Blumen, er pflückte gern Sträuße, von den ersten Schneeglöckchen bis zu den Herbstzeitlosen, er ging liebend gern spazieren und flanieren, stundenlang streunte er durch den Wald und über die Wiesen von

Kersko, und immer brachte er einen Blumenstrauß mit. Die Finger meines Mannes waren verkrümmt, aufgerissen, ein bißchen von den Schaufeln in Kladno versteift, doch sobald er Blumen pflückte, setzte er diesen Gesichtsausdruck auf, und er wurde ganz kindisch, er pflückte nur Blumen, die wild wuchsen, gekaufte mochte er nicht... denn im Schnee die ersten Schneeglöckchen zu suchen war für meinen Mann ein Fest, als ginge er zur heiligen Kommunion, ich durfte ihn nicht ansprechen, geschweige denn anschauen, er ertrug meinen Blick nicht, denn wenn er seiner Meinung nach etwas Schönes machte, wollte er allein sein, und das war gut so, ich kam nie auf die Idee, Blumen zu pflücken, ich hatte keine Beziehung zu Blumen, alle Pflanzen, die bei mir zu Hause standen, verkümmerten wie zum Trotz, wenn vor anderen Fenstern Klivien blühten, zeigten sich diese stolzen roten Kerzen bei mir nie, bekam ich die gleiche Blume geschenkt, die anderswo gedieh, blühte sie bei mir nie, nicht einmal die Rose von Jericho, nicht einmal die Passionsblume bekam bei mir Knospen, alle diese Blumen glichen mir, sie teilten mein Schicksal, mein Mann spielte auch darauf an, ihn erschreckte es so, daß wir keine Kinder bekamen, daß in unseren Töpfen auch nicht eine Blume gedieh, er fragte mich aus, ich aber wimmelte ihn ab, wenn er mit solchen Fragen kam... ob ich nicht doch ein Kind gehabt und es zum Aufziehen weggegeben hätte, wir könnten es doch zu uns holen, zwar wäre es bei uns zu Hause dann nicht gerade lustig, jedoch etwas besser.

Mein Mann brachte Hände voll Knollenblumen, Primeln und ganze Arme voll Maiglöckchen nach Hause, er kam aus dem Wald und duftete nach frischer Luft. Stolz trug er diese Blumen, so wie er den Kater über das Grundstück trug, unseren schüchternen, unglücklichen Etan, der den Wald und die Wiesen nicht leiden konnte und nur den Libeňer Hof schätzte, die Dächer, die Schuppen und den Staub, mein Mann trug diesen Kater ebenso stolz herum wie die Blumen, er zeigte ihm die jungen Blättchen an den Büschen, er zeigte ihm alle Blüten, er spazierte mit ihm auf dem Grundstück herum, hatte ihn auf dem Arm und erklärte ihm, wie alles heißt, er ließ ihn schnuppern, oder der Kater mußte die herabhängenden Äste der Bäume berühren... Wenn die Äste der Birken und Lärchen grünten, machte er Blumensträußchen, er pflückte eine Handvoll Blumen, flocht Immergrün darum und zuletzt noch Birken- und Lärchenzweiglein, und dazu verwendete er immer ein ganz gewöhnliches Seil, keine Schnur, kein Band, sondern ein dickes Hanfseil, er wickelte es mehrmals um die Stengel herum, schlang einen Knoten und eine Schleife... So band er Blumensträuße, die er dann verschenkte, einen gab er immer mir und verteilte die übrigen an die hübschen Frauen in Kersko, an die jungen Frauen, die genauso wie er und ich und die restlichen Häuschenbesitzer mit ihren Freunden übers Wochenende hierherkamen... Und dabei dachte er ständig an seine Großmutter, an Kateřina, Katyna, Kati, die dort in Židenice einen wunderschönen Garten mit so vielen Blumen gehabt hatte, daß sie das ganze Jahr hindurch Sträuße, auf Brünnerisch Puschny, machen konnte, von den Maiglöckchen bis zu den Astern und zum Schluß im Winter noch Strohblumen, seine Großmutter hatte eine sakrale Beziehung zu Blumen gehabt, vor allem aber die Blumen gemocht, die ihren Glauben widerspiegelten, sie hatte Jesus Christus und die Jungfrau Maria wie Verwandte geliebt, die nicht gestorben, sondern ewig jung waren, und wie mein Mann ergriffen erzählte, hatte die Großmutter das Tränende Herz am meisten geliebt, diese Blume, deren Blüten kleinen Herzchen glichen, zu Fronleichnam Vergißmeinnicht und Pfingstrosen, und dann die Lilie, die der heilige Antonius so gern in seiner Hand gehalten hatte...

Mein Mann liebte und bewunderte Herbstzeitlosen, er zeigte mir im Frühling die ersten grünen Blättchen, die auf der Wiese sprossen, das seien die Blätter der Herbstzeitlosen, die dann verwelken würden, um im Herbst, nach dem zweiten Heu, zu lila Blüten zu erblühen, mein Mann pflückte sie dann, zärtlich brachte er die zerbrechlichen Blumen nach Hause, er flocht sie nie zu einem Sträußchen, sondern stellte die Stengel liebevoll in ein Gläschen mit Wasser, in dem die Herbstzeitlosen sich einen ganzen Monat lang hielten, lila Blüten mit durchsichtigen, gläsernen Stielen... Wenn der Flieder blühte, kamen die Kinder und rissen ganze Zweige ab, und die übriggebliebenen flocht mein Mann zu Sträußen, desgleichen, wenn die Kinder Weidenkätzchen abrissen, wenn sie eine ganze Weide zerstörten, dann schnitt mein Mann die Überbleibsel wie ein Sanitäter mit der Schere zusammen und stellte die Zweige in Töpfe, in Blechbüchsen oder Bierkrüge, nie aber hatte mein Mann veredelten Flieder gemocht... seit jeher liebte er den ganz gewöhnlichen Flieder, wie er auf Friedhöfen, in den verwilderten Gärten der Bauerngüter und in Höfen wuchs, das war sein Flieder, der blaßblaue Flieder, ein irgendwie verweinter Flieder, solche Augen hatte seine schwarzhaarige Tante Černošková gehabt, hellblaue Augen wie Vergißmeinnicht im Mai... Brachte mein Mann Flieder mit, wußte ich, was als nächstes kam... Das ist die Farbe meiner Augen, solche Augen hatte ich, als ich noch jung war... Und ich reagierte nie darauf, als hätte ich nichts gehört, und schaute irgendwohin über den Hof hinweg, wo ich nichts sah, dennoch tat ich so, als fesselte mich dort irgend etwas ungemein...

Mein Mann und sein Schreiben, was war das für ein heilloses Chaos und welch eine Unordnung, er legte weder Wert auf Stil, noch beachtete er ihn. Ich verstand nicht viel von Grammatik, wußte aber, daß mein Mann im Grunde genommen nie fähig war, richtig Tschechisch zu schreiben, was er schrieb, wirkte auf mich wie die Übersetzung aus einer Fremdsprache, nichts als Anmerkungen, die allerdings noch bearbeitet werden mußten, einfach flüchtig hingeworfene Begebenheiten, die einer geduldigen Überarbeitung harrten... Und genau das war meinem Mann wichtig, er war begeistert, wenn er seinen Text halb fertig, verstümmelt beiseite legen konnte, wenn der Putz von ihm blätterte und die kahle Mauer, die bröckelnden Ziegelsteine zum Vorschein traten... Mein Mann glich mit seinem Schreiben ganz den

Prager Hinterhöfen, wo zurückgelassene Reste von Gerüsten herumliegen, wo sich alles neben den überquellenden Mülltonnen türmt, dieses Geschreibsel meines Mannes, das waren vergessene und weggeworfene Reste von altem Material, Drähte, Teile von Heizkörpern, Reste von all dem Gerümpel, das am Sperrmüll zum Abtransport auf die Straßen hinausgestellt wird, mein Mann schrieb so, als spiegelte sein Schreiben all das wider, und von sich selbst behauptete er, das Äquivalent seiner Texte seien die Höfe dort um die Kneipe Harfe herum, die zerbrochenen Scheiben der Verbrennungsanlage, der Hallen des ČKD, so, wie er schreibe, sei die Kluft der Arbeiter. Gern ging er in die Harfe oder ins Bratislava zum Mittagessen und blieb lange dort sitzen... alles Schöne ist verschwunden, sagte er immerfort zu mir, verschwunden sind die Montagmorgen, als jeder Arbeiter eine frische Arbeitshose mitbrachte, so sauber gewaschen, daß sie hellblau blitzte, jetzt tragen sie ihre Blaumänner so lange, bis sie in Lumpen herumlaufen, Löcher werden mit Draht geflickt, einige Arbeiter gehen in den Kneipen von Vysočany sogar zum Gabelfrühstück und zum Mittagessen in Arbeitskleidern, die den Flickenkostümen von Clowns gleichen, mein Mann sagte zu mir, es sei jetzt Mode, sich so zu kleiden, genau so, wie es Mode sei, diese schrecklichen Pissoirs, diese schrecklichen Toiletten aufzusuchen, ihn graue... ihn graue es davor, und er sei entsetzt... wenn er aber Zeit hatte, fuhr er zur Harfe hinauf, dort schaute er nicht nur in seinen beiden Kneipen vorbei, sondern suchte davor all die Fabriken auf, die Höfe und Höflein, er mußte dort allein sein, herumspazieren, er war angespannt, heiter, hingerissen von den Verwüstungen, davon, wie zerfetzt alles war, sogar die Arbeitskleidung der Arbeiter, die allerdings, sobald die Sirene heulte, sobald die Zeit kam und die Schicht zu Ende war, aus denselben Fabriken und Werkstätten als blitzsaubere, geduschte und reinlich gekleidete Menschen strömten, als hätte man sie mit einem Zauberstab verwandelt, in Jeansanzügen und bunten Jacken, und sie füllten die gleichen Kneipen und tranken lächelnd ihr Bier... Mein Mann behauptete, die größten Schmutzfinken am Arbeitsplatz hätten hier in Vysočany und Libeň schöne Wohnungen, Teppichfußböden, diese Arbeiter würden, wenn sie nach Hause kämen, im Vorzimmer ihre Schuhe ausziehen, und sie hätten nicht nur schöne Küchen, sondern auch Eßzimmer und Kinderzimmer, diese Arbeiter würden sich gerne gut kleiden, sie hätten ein Badezimmer, eine Prachtstoilette, wenn sie aber zur Arbeit in die Fabriken und Werkstätten von Vysočany und Libeň kämen, würden sie wieder ihre verdreckten, bereits zu Fetzen gerissene Arbeitskleidung hervorkramen, und wenn sie auf die Toilette gingen, nähmen sie weder am Gestank des Pissoirs noch an den mit Papier verstopften Klomuscheln Anstoß...

Aus allem, was die Mutter meines Mannes mir geschildert hatte, und aus dem, was er von sich erzählte, setzte ich mir ein merkwürdiges Bild von ihm zusammen, nämlich daß er unendlich von seiner Umgebung abhängig war, denn so wie die Zeit sich änderte, veränderte sich auch mein Mann, und er hielt dies sogar für seine

Tugend, für seinen Vorteil, nicht nur für seinen Lebensstil, sondern auch für den Stil seines Schreibens ... Seine ersten Texte sind die einzigen, die mir gefallen, zarte, zärtliche, verschämte Gedichte, seine Mutter sagte mir, er habe sie geschrieben, weil er in Jiřina, in Georgine verliebt gewesen sei, in ein sechzehnjähriges Mädchen, Tochter eines Arbeiters in einem Staatsbetrieb, der am gegenüberliegenden Elbufer ein kleines Häuschen bewohnte, seine erste Liebe sei sie gewesen, und so zart, daß sie nach vier Jahren endgültig zerbrochen sei... diese Georgine war nämlich so schön, daß mein Sohn darüber krank wurde, erzählte mir die Mutter, er ertrug Schönheit nicht, er hatte Angst vor schönen Mädchen, wenn er eine schöne Frau, ein schönes Fräulein sah, erschrak er und bekam Fieber, schon nach einer Viertelstunde hatte er das Georginefieber, er errötete und stotterte, konnte an nichts anderes mehr denken, es mußte sogar der Doktor kommen, weil er wegen dieses schönen Gesichtleins nicht mehr schlief, er taumelte nur noch herum, und wie er Jura hat studieren können, das weiß ich nicht, fuhr die Mutter fort, schon mittags kam er von Prag heim, und nachmittags immer nur Georgine und Spaziergänge an der Elbe entlang, dieser Fluß hat ihm den Rest gegeben, sagte die Mutter, ich hätte mir gewünscht, er wäre mit Georgine in Gesellschaft gegangen, doch wenn der Sonntag kam und mein Sohn in die Stadt auf dem Korso promenieren ging, bügelte er höchstpersönlich schon früh am Morgen seine Hose, er putzte sich persönlich die Schuhe, wichste sogar die Sohlen und rasierte sich ausführlich, und da er sich in der Nacht hin und her wälzte, standen ihm die Haare zu

Berge, er mußte Öl daraufgießen und sich kämmen, sich mit einer Bürste, einer Wurzelbürste striegeln, und dann mußten die Haare noch eine Stunde lang unter einem Haarnetz fixiert werden, er hatte ein schwarzes Häubchen mit einem Bändel unterm Kinn, wie die Schwimmer es damals trugen, dann wählte er lange Hemd und Krawatte aus, mehrmals wechselte er sie, er war immer schön gekleidet, besaß einige in Prag geschneiderte Anzüge, ebenfalls aus Prag waren die Hirschlederhandschuhe und der graue Hut vom Čekan, der teuerste Hut, grau mit schwarzem Band, ich aber durfte ihn nicht anschauen, angebrüllt hätte er mich, ich sah, wie mein Sohn sich vor diesem Korso fürchtete, zwar ging er dorthin, schien aber vor sich selbst Angst zu haben, als hätte er den Eindruck, dieser Georgine nicht würdig zu sein, diesem Mädchen aus der Vorstadt, das nur ein nachlässig zusammengeheftetes Kleidchen trug... Wenn er vom Korso kam und sich den Mantel auszog, war sein Hemd völlig durchgeschwitzt, und sogar bei kühlem Frühlingswetter, selbst wenn es schon herbstlich frisch war, zog er sich aus und kühlte sich lange den Kopf unter laufendem Wasser...

Irgendwie hat er meine eigene Liebe wiederholt, ich bin auch so verliebt gewesen, meine erste Liebe, sagte die Mutter, war mein ein und alles, so wie es sich für eine erste Liebe gehört, allerdings war ich schwanger, und als ich so herumlief und nicht wußte, wie mir geschah, diese Schwangerschaft erschreckte mich so sehr, daß ich wie gelähmt von dieser ersten Liebe war, ich verging fast, wollte diese erste Liebe aber nicht mit einem Kind im Bauch erleben, ich schämte mich, brach zusammen, sagte es dann aber zu Hause, wie ich Euch schon erzählt habe, mein Vater wollte mich erschießen, und meine Mutter sagte... Laßt das, kommt essen, es wird sonst kalt... Aber meine erste Liebe ließ mich sitzen, und ich schämte mich und war entsetzt, damals zu Österreichs Zeiten war es eine Schande, als Ledige ein Kind zu haben, und dieses Kind hat im Grunde genommen mein Schicksal geteilt, denn diese Angst vor der Liebe, dieses Entsetzen, diese Erniedrigung, aus der ich mir nicht herauszuhelfen wußte, hat sich auf mein Kind übertragen, fast mein Leben lang ist meine erste Liebe auch meine Schuld geblieben, deshalb ist mein Sohn wegen seiner ersten Liebe zusammengebrochen, darum hat er sich im Zimmer eingeschlossen und seine ersten Verse getippt, nur so hat er ein wenig Ruhe gefunden, und seine ersten Verse, seine ersten Büchlein waren wie seine Liebe zu Georgine, er schämte sich dieser Verse, er errötete, wenn er sie schüchtern jemandem zeigte, genauso war es, wenn er jemandem sein Mädchen vorstellen sollte, mit dem er schon ein Jahr lang ging, und das gleiche geschah, wenn er sie zu uns mitbrachte, vier Jahre ging er schon mit Georgine und schämte sich, nicht ihretwegen, er schämte sich für diese Liebe zu ihr, für eine Liebe, die er von mir geerbt hatte... Solch eine Liebe ist zwar ein großes Glück, aber auch eine große Sünde... Damals hielt er was auf sich, legte Wert auf sein Äußeres, er tat alles, um immer und noch schöner zu sein, noch elegantere Krawatten und Schuhe zu haben, doch sobald er das erreicht hatte, wenn er angekleidet war und sich ausstaffiert hatte, war er enttäuscht, stets wollte er anders sein, so, wie er nie sein konnte, wie der Lehrer Konečný, wie die jungen Schauspieler, die zu mir kamen, schöne Männer, die sich vorbildlich in Gesellschaft benahmen, zu reden, dazusitzen und zu rauchen verstanden, unter diesem Druck brach mein Sohn zusammen, er errötete und war außerstande, etwas zu sagen, und wenn, dann nur etwas völlig Abwegiges, er schlich sich in sein Zimmer und beschimpfte sich dort, er wetterte in den Spiegel und sagte sich, es wäre besser, wenn es ihn nicht gäbe, wie er es in seiner damaligen Dauerlektüre las... »Die Leiden des jungen Werther«... Also hatte ich zwei Mannsbilder zu Hause, mein Mann Francin brach meinetwegen zusammen, weil ich schön und er unfähig war, mit meiner Schönheit und vor allem mit seiner Liebe zu mir fertig zu werden, und mein Sohn litt an dem gleichen Komplex wie mein Mann, meine beiden Männer brachen, wenn sie ihre Frauen neben sich sahen, immer eher zusammen, als daß sie Freude empfunden hätten... und beide waren sie froh, wenn sie mit ihrer Liebe allein sein durften, wenn sie sie ganz für sich hatten, keiner von den beiden ertrug es, daß jemand diese gewöhnlichen Frauen auch nur ansah, geschweige denn mit ihnen tanzte oder redete, da dachten sie sofort an Selbstmord, an Mord, also waren meine beiden Männer auch eifersüchtig, egoistisch... letztlich wird einem die erste Liebe immer zur Last, sie ist immer ein Unglück, ein schönes Unglück...

Und Georgine ging einmal allein tanzen, zu einem Nachmittagstee nach Poděbrady, und dort verliebte sich ein junger Mann mit einem roten Fleck im Auge und einem Muttermal auf der Stirn in sie, und Georgine kam nie mehr zu uns, und mein Sohn wurde darüber krank, ein halbes Jahr lang litt er unter Schlaflosigkeit, er magerte schrecklich ab, es war, als hätte man einen Todesfall in der Familie, genau so, wie es für mich ein Unglück war, als meine erste Liebe heiratete und ich aus Trotz Francin, der mich liebte, zum Mann nahm... Das erzählte mir die Mutter, und ich war nicht in der Lage zu begreifen, daß in diesem Mann, mit dem ich zusammenlebte, dieser Jüngling verschachtelt war, mein Mann, der, wie es mir seine ersten Verse sagten, früher sehr große Gefühle empfunden haben mußte, und ich glaubte der Mutter, daß er damals ganz adrett gewesen war, und genau deshalb taugte er heute nichts mehr, weil er damals viel zuviel, im Grunde genommen jedoch nichts gewollt hatte...

Eines Nachts gingen wir über die Libeňer Brücke, an der Haltestelle Bei Soler stieg eine Frau aus der Straßenbahn und hinter ihr ein Mann, ein Muskelprotz, ein junger Bodybuilder, und er verpaßte dieser Frau an der Haltestelle eine Ohrfeige. Ich sagte, komm schnell in die Brandopfer Gasse, achte nicht auf ihn... Und da tauchte ein kleines Männlein auf, dem wir oft auf der Hauptstraße begegneten, er war Installateur und kam tagsüber im Overall daher, wie mein Mann hatte er nur noch wenig Haare, kämmte sich diese aber von einem Ohr über den Kopf zur anderen Seite, festigte es mit Pomade, und das Haar wirkte wie an den Schädel geklebt, und wie ein Anstreicher hatte er immer ein buntes Halstuch umgebunden. Am Abend jedoch donnerte er sich auf, trug verschiedene Pullover und Jacken, irgendwelche ausgefallenen Schuhe und bunte Socken, und flanierte über die Hauptstraße und sah sich um, wem er die Gosche polieren könnte, so ein herumstreunender Racheengel war das... Er tauchte nun an dieser Haltestelle auf und versetzte dem Bodybuilder einen so gräßlichen Hieb ins Gesicht, daß der Mann in die Knie ging. Obwohl ich meinen Mann ermahnt hatte, wir sollten nach Hause verschwinden, blieb ich jetzt stehen, ich konnte nicht begreifen, wie ein so kleiner Mensch solch einen Riesen zu Boden strecken konnte, der sich nun wieder aufrichtete, mit dem Handrücken das Blut abwischte und vor sich diesen zierlichen, winzigen Installateur erblickte, der endlich jemanden gefunden hatte, dem er die Gosche polieren konnte, und der jetzt mit erhobenem Zeigefinger ernst und nachdrücklich sagte... Merk dir, wer vor mir eine Frau anpackt, den streck ich lang... da stand der Riese auf und startete zum Angriff, sein Gesicht war schamverzerrt, wie konnte ein so kleines Männlein ihn niederstrecken... Der Installateur aber tänzelte und knallte ihm nochmals eine gegens Kinn, der Bodybuilder sank abermals zu Boden... Und der Installateur rief... Dann komm mit zur Polizei, die sind hier um die Ecke, komm ein Protokoll aufnehmen, daß du einer Frau eine Ohrfeige verpaßt hast, na komm schon... Da stand dieser Riese auf und sagte... Ich geh ja schon... ging los und wischte sich das Blut ab... Und mein Mann sah sich das an, er war vollkommen begeistert, früher hatte er diesen Installateur immer nur gegrüßt, auf der Straße, beim Herrn Vaništa, im Svět, es jedoch noch nie gewagt, ihn anzusprechen, erst jetzt sagte mein Mann... War das schön... und der Installateur lächelte, er sah aus wie der Fußballspieler Polák aus Košice, betrachtete die Knöchel seiner Rechten und sagte... Herr Hrabal, ich heiße Růžička... und von der Plakatwand löste sich ein alter Mann, der die ganze Szene an der Haltestelle verfolgt hatte, er lief an uns vorbei und jammerte... Was nur für Dinge passieren, man hat ja schon bald Angst auszugehen... Und seit dieser Zeit war mein Mann mit diesem Herrn Růžička, der immer in einem sauberen Hemd, immer mit Pomade und adrett frisiert durch Libeň stolzierte, als käme er geradewegs vom Barbier, in tiefer Freundschaft verbunden... Mein Mann hatte Respekt, er empfand Hochachtung für diesen Prachtkerl der Peripherie, er sprach ihn mit Herr Růžička an und schenkte ihm all seine Bücher, sogar signierte... und schimpfte oft... Himmelherrgott noch mal, daß ich nicht schreiben kann, was gäb das, was gäb das für eine Erzählung, was für einen Roman über den Herrn Růžička... Und ich sah auch seine Frau, immer hübsch, immer etwas eingeschüchtert, wie sie mit ihrer Tochter einkaufen ging oder, wie es hier an der Peripherie Brauch ist, mit anderen hübschen Frauen einfach herausgeputzt herumspazierte, um sich auf der Hauptstraße zu zeigen, bei Kulíks Kaffee zu kaufen und im Ausschank gegenüber eine Zigarette zu rauchen, ich sah, daß diese Frau, wenn sie ihrem Mann, diesem pomadisierten Libeňer Racheengel begegnete, ihn ehrerbietig begrüßte, die beiden wechselten ein paar Worte, das Töchterchen schmiegte sich an seinen Vater, und der Herr Růžička schritt weiter durch die Hauptstraße, von einer Arbeit zur nächsten, wo er eben gebraucht wurde. Einmal floß beim Vaništa das Spülbecken nicht mehr ab, der Herr Růžička breitete seine Sämischlederschürze auf dem Tisch aus und legte seine Rohrschlüssel, all sein Werkzeug darauf, die Zangen und so weiter... Die ganze Kneipe verstummte, der Herr Růžička im blitzsauberen Overall und im Rollkragenpulli, er zog sogar weiße Handschuhe an... und mein Kleinod rief, nur um etwas zu sagen... Solche Handschuhe trugen die Maschinenführer in meinen jungen Jahren... und zu Weihnachten verteilten die Kaminfeger mit weißen Handschuhen Kalender... Und der Herr Růžička drehte den Lichtschalter an, weil eine schwarze Wolke dicht über den Hof des Herrn Vaništa hinwegzog, und der Herr Růžička nahm sein verchromtes Werkzeug zur Hand, in der Hocke schraubte er die Mutter unterm Spülbecken los, der Herr Vaništa stellte einen Eimer darunter, der Herr Růžička reinigte das Abflußrohr, holte Dreckklumpen heraus und reinigte den Siphon... theatralisch, damit alle ihm bei seiner Arbeit zuguckten, und danach montierte er in umgekehrter Reihenfolge alle Bestandteile wieder zusammen und zog zum Schluß die Mutter an... er drehte den Wasserhahn auf, und das Wasser rauschte in die Abflußrohre... Ich habe Herrn Růžičkas Chromwerkzeug nie mehr gesehen, doch jedesmal, wenn ich ihm auf der Hauptstraße begegnet bin, wenn er mit seiner Tasche daherkam, sah ich durchs Leder hindurch, wie alle diese verchromten Gerätschaften in ihr ruhten, und ich sah, daß alles zusammen einen großartigen Stil bildete, den Stil der Peripherie, von dem der Dichter Herr Kolář so gern sprach.

Seit der Zeit, da er ein Schriftsteller war, seit der Zeit, da er schon das dritte und vierte Buch publiziert hatte, seit dieser Zeit wurde mein Mann zu Diskussionsrunden eingeladen, in Schulen und in Bibliotheken. Diese Einladungen nahm er immer an, hoffte allerdings jedesmal, daß ihn bis dahin eine Krankheit niederstrecken, daß etwas passieren würde und er nicht mit seinen Lesern diskutieren müßte. Doch der Tag kam unwiderruflich näher, und mein Mann verging fast vor Angst, wenn er zu solchen Diskussionen gehen mußte, er fuhr größere Strecken auch mit der Bahn oder dem Bus, manchmal mußte er sogar übernachten, jedesmal aber zitterte er, selbst wenn die Veranstaltung in Prag stattfand, er war blaß, redete Unsinn und verabschiedete sich von mir, als müßte er in den Knast oder wegen einer Operation ins Krankenhaus. Einige Male ging ich, um mir das anzuschauen, ich stand da und schaute sonstwohin und hörte seiner Stimme die ewige Angst an, sein ewiges Entsetzen, dieses Grauen vor dem, was er erzählte, vor seinen eigenen Antworten... Doch die Fragen, die man ihm stellte, beantwortete er nie oder nur mit wenigen Sätzen, um dann ganz etwas anderes zu erzählen, er tat mir leid, wie er allen Menschen, die ihn mochten, leid tun mußte, denn mein Mann gab auf alle Fragen Antworten, auch auf solche, die man besser mit Schweigen übergangen hätte, die man in der Öffentlichkeit nicht aussprechen sollte, seine Stimme überschlug sich, und es war, als fahre ihm ständig einer an die Gurgel, so redete und japste er, und wenn er seinen Rhythmus gefunden hatte, erzählte er eigentlich eine Geschichte, eine gesprochene Erzählung, während der er vergaß, daß er vor Zuhörern stand, auf einmal redete er so, wie er schrieb, wenn es gut lief, in einem Strom, der von seinem Atem diktiert wurde, er schrieb und redete, wie er atmete, und erreichte ein bestimmtes Tempo, und den Zuhörern wie auch mir verschlug es den Atem, was für Ungeheuerlichkeiten er da von sich gab, er hatte seinen Stil gefunden, Tränen standen ihm in den Augen, er war über sich selbst gerührt, und in diesem Augenblick hatte ich, wie auch alle anderen im Saal, nicht den Eindruck, sondern die Gewißheit, mein Mann war die Nummer eins, der Champion, der Weltmeister im Erzählen...

Nur ich allein wußte, daß mein Kleinod, endlich zu Hause, aufs Bett plumpsen, daliegen und auf die Decke starren wird, nachdem ich das Licht gelöscht habe, der Kater ruht auf seiner Brust, und mein Mann liegt nach dieser Diskussion da, starrt ins Leere, unfähig zu schlafen, erst gegen Morgen schlief er ein und war entsetzt, wie vielen Leuten er für den folgenden Abend schon wieder versprochen hatte, an einer Diskussion teilzunehmen, wieder würde er debattieren und dann schlappmachen... All diese Veranstaltungen raubten meinem Mann nicht nur den Diskussionstag, sondern auch die beiden folgenden Tage, er konnte sich nicht wieder auffangen, schimpfte und jammerte, bei dieser

Diskussion sei das Mobiliar in seinem Kopf derart durcheinandergerüttelt worden, daß es zwei Tage dauern würde, bis alles wieder so arrangiert sei wie zuvor. Also lag mein Mann nach jeder öffentlichen Diskussion zwei Tage im Bett und räumte das Mobiliar im Kopf, das von den Gesprächsteilnehmern verrückt worden war, wieder an seinen angestammten Platz zurück. Und obendrein plagten meinen Mann diese zwei Tage lang Vorwürfe, daß er nicht so geantwortet habe, wie er hätte antworten sollen, erst im Verlauf dieser beiden Tage kamen ihm die richtigen Sätze, die er dort hätte sagen sollen, ich mußte ihn trösten, als sei er aus dem Krankenhaus heimgekehrt, wo man sein Blut und Wasser untersucht hatte, weil ihn das Gefühl plagte, etwas mit seiner Leber sei nicht in Ordnung, ich mußte ihn trösten, daß er nicht Krebs, sondern lediglich eine verhärtete Leber habe.

Mein Mann, der schon seit der Grundschule und der Oberschule schüchtern und verschreckt war, hatte eigentlich außerhalb der Stadt gewohnt, in die Stadt ging er nur zur Schule und lebte die übrige Zeit in der Brauerei vor der Stadt, er war weder an Menschen noch an Räume gewöhnt, weil er immer irgendwo auf Bäumen und Dächern herumturnte, unentwegt im Freien, auf diesen endlosen Spaziergängen, wie seine Mutter erzählte, hatte er täglich Dutzende von Kilometern zu Fuß zurückgelegt, hinter der Brauerei am Fluß entlang durch die Wiesen, irgendwohin bis in die Wälder von Kersko, kaum betrat er aber eine Kneipe, kaum betrat er das Klassenzimmer, einen Eisenbahnwagen, irgendeinen Ort, wo die Menschen Auge in Auge zusammengepfercht waren, sperrte sich mein Mann schon damals, und so sperrte er sich auch heute noch, wenn ich ihn ins Theater mitnahm, sogar im Kino überkam ihn ein Gefühl der Scham und der Schande, er schämte sich und errötete wie ein Fräulein, wie seine Mutter immer sagte...

Mein Mann bewunderte Menschen, die eine Meinung, eine Lebensanschauung hatten und daher zwischen ja und nein unterschieden... mein Mann konnte nie nein sagen, er willigte brav in alles ein, wenn einer kam, schleppte er ihn in eine Kneipe und bestellte ihm Nudeln, auch wenn der Besuch gar keinen Appetit darauf hatte, er versprach ihm, ein Interview zu geben, an einem Podiumsgespräch teilzunehmen, irgendwohin zu kommen, wohin er niemals sonst gegangen wäre, aber eine eigene Meinung hatte mein Mann nicht, er hatte nur Schuldgefühle, und indem er zu allem ja und amen sagte, schien er um Verzeihung dafür zu bitten, daß er überhaupt auf der Welt war... So saß ich einmal im Hof, mein Mann war Semmeln kaufen gegangen, es war Nachmittag und die Sonne schien, da trat ein junger Mann in den Hof und fragte, wo mein Mann sei, ich sagte, er sei Semmeln kaufen gegangen, und der Mann sagte, er werde warten, ich dachte, er sei ein Versicherungsagent, er trug eine Krawatte und einen Mantel mit Schlitz... Dann knallte die Tür, mein Mann kam, das Einkaufsnetz in der Hand, mit ein paar Sprüngen in den

Hof geflogen und blieb verdutzt stehen... er erschrak, und dieser junge Mann stand vor ihm und ergötzte sich an dem Schreck meines Mannes... Sind Sie der Schriftsteller Hrabal? Mein Mann nickte und errötete noch mehr, und der junge Mann zog eine Legitimation hervor und stellte sich als Beamter des Innenministeriums vor... Mein Mann lachte, faßte den jungen Mann um die Schulter und atmete selig auf... Da bin ich aber froh... Und der junge Mann sagte... Aber Sie haben doch einen Schrecken gekriegt, nicht wahr? Und vielleicht zum ersten Mal in seinem Leben log mein Mann nicht und sagte... Und wie! Ich habe geglaubt, Sie sind gekommen, um mich zu irgendeiner Diskussion einzuladen... Und der junge Mann wurde stocksteif und sagte... Können wir irgendwo unter vier Augen miteinander reden? Und mein Mann reichte mir die Semmeln, nahm eine, biß hinein und führte den jungen Mann in die Wohnung, und der Kater trottete hinter ihnen her. Ich aß ein Kipferl, knabberte an einer Semmel, und durchs geöffnete Fenster hörte ich, wie die beiden sich mit gedämpften Stimmen über irgend etwas unterhielten, Etan hockte auf dem Schreibtisch und miaute alle Augenblicke, wie es nun mal seine Gewohnheit war, als sei er mit dem, was er hörte, einverstanden. Nach einer halben Stunde kamen sie heraus, Etan hinterdrein, und mein Mann sah aus, als lächelte er und unterdrückte dabei ein Weinen. Sie gaben sich die Hand, und der junge Mann, der auch im Sakko einen Schlitz, eine Krawatte und so schöne Augen hatte, als schriebe er Gedichte, neigte sich zu mir herunter und sagte vertraulich... Sie sollten über das, wovon Sie Zeuge geworden sind, nirgendwo sprechen, verstanden? Und ich heftete den Blick auf die Pflastersteine im Hof und schaute nicht mehr auf...

Und als mein Mann eine Vorladung auf die Polizeiwache der Bartolomějská Gasse erhielt, brach er wie zu einer Diskussionsrunde mit seinen Lesern dorthin auf, er ging am Mittag weg und kam erst gegen Abend wieder zurück, ganz anders, noch jämmerlicher als nach seinen Gesprächsrunden, bei denen er in letzter Zeit gern über die Freiheit geredet hatte, in dem Sinne, daß die Freiheit für ihn, einen Schriftsteller, das bedeute, was er sich von ihr nehme... aus der Bartolomějská kam er jedoch erst gegen Abend heim und war sehr ernst. Seit diesem Tag war ein Auge verrutscht, es lag tiefer, wie bei den Rabbinern, er spähte um sich und sprach nur noch im Flüsterton... ich bekam aus ihm heraus, daß das Verhör nach fünf Stunden mit einem Protokoll endete, das mein Mann in die Schreibmaschine diktierte und danach unterschrieb, daß er mit Pavel Tigrid gesprochen und mit ihm einen Ausflug gemacht habe, daß sie eine Flasche dabeihatten und ein Bauer ihnen dort auf der Harfe irgend etwas vorgespielt habe, daß sie getrunken und über Weltpolitik und Literatur gesprochen hätten... Und mein Mann erzählte, das Gespräch in der Bartolomějská habe mit großem Gelächter begonnen... als er den Gang betrat und zum Aufzug ging, sagte ein Beamter, der sich ihm als Stabshauptmann Rarach vorgestellt hatte, ein Jammer, daß ich keine Bücher zum Signieren mitgenommen habe, und mein Mann erwiderte, hier sei alles umgekehrt eingerichtet wie in der Ausnüchterungszelle, hier ließen sich die Türen von innen nicht öffnen, die Ausnüchterungszelle könne jedoch jeder Patient verlassen und nach Hause gehen, wann es ihm passe, die Türen auf diesem Gang, sagte mein Mann, seien sogar wieder anders als die im Irrenhaus... und der Hauptmann Rarach schlug mit der Faust auf den Tisch und sagte... Wir sind hier nicht bei einem Podiumsgespräch oder in der Kneipe! Jetzt wird ein Protokoll aufgesetzt, wie Sie dem Feind und Landesverräter Pavel Tigrid geholfen haben... und mein Mann erzählte mir, was er dort diktiert hatte, und sein Schuldgefühl wurde dabei immer größer, das alte Schuldgefühl, daß er irrtümlicherweise auf der Welt sei, das zudem noch mit dem Gefühl gekoppelt war, im Grunde genommen mit einem Landesverräter gesprochen zu haben... Und ich schaute mein Kleinod streng an, ihn, der so gerne über die Wahrheit redete, daß man sie laut sagen und nicht fürchten solle, welchen Preis auch immer man dafür bezahle... der so gerne sagte... meine Freiheit ist, was ich mir von ihr nehme...

Ich saß am Fenster auf der Pawlatsche im ersten Stock, auf jener Pawlatsche, von der aus man eine schöne Aussicht auf unseren kleinen Hof hatte, in den gerade wieder einmal Teile der neu angeworfenen riesigen Wand des benachbarten Forschungsinstitutes gepoltert waren, ich sah unsere offenstehenden Fenster und die Tür, sah die langen Ranken des wilden Weins, die von den gespannten Drähten herabfielen wie langes, rötliches Frauenhaar, und als ich in unseren Hof und auf die von mächtigen Strängen wilden Weins geteilte, weißlackierte Tür und die weißlackierten Fenster schaute, da hörte ich, wie Frau Beranová in Unterwäsche dort im Hausflur mit gewaltigem Platschen Eimer voll Wasser ausschüttete und vor sich hin schimpfte und brummelte... Und da ertönte von unten eine Stimme, Vladimírs Stimme rief mir zu... Junge Frau, junge Frau...! Als ich mich vorbeugte, stand Vladimír da, er hob die Hand und war tatsächlich so groß, daß ich, wenn er sich ausstreckte und ich mich hinunterbeugte, den Tulpenstrauß berühren konnte, den er auf irgendeinem öffentlichen Platz in Libeň gepflückt hatte... ich nahm ihn entgegen, und Vladimír sagte... Junge Frau, richten Sie dem Doktor aus, daß ich in der Alten Post gerade mit den Kameraden gesprochen habe... sagen Sie ihm, daß ein Metallblock ausgeflossen ist und der Herr Fišera, mit dem wir immer Beim Karel gesessen und Bier getrunken haben, daß dieser Alte das Zeitliche gesegnet hat, als der Metallblock am Vormittag ausfloß, hat der Herr Fišera davonrennen wollen und ist gegen einen Kasten geknallt, und der glühende Stahl hat ihn eingeholt und ihm praktisch die ganzen Beine verbrannt, er ist gestorben... und wird ein kurzes Särglein haben! Und richten Sie dem Doktor aus, daß der andere, mit dem er damals nach Kladno gefahren und mit dem zusammen er am Hochofen malocht hat, daß der mir erzählt hat, wie ein zusammengepreßtes Auto auf den Schrottplatz gebracht wurde, und als man dieses Metallpaket aufschweißte, fand man unter anderem ein zerquetschtes Menschenbein darin... Richten Sie ihm das aus, ja? Und der Blumenstrauß ist für Sie, eine kleine Aufmerksamkeit, Sie wissen ja, Ihr Mann ist heute berühmt, er verkehrt jetzt in ganz anderen Kreisen, und ich bin heute ein völlig unbedeutender Mann... Und mit wenigen Sprüngen verschwand er aus meinem Blickfeld, mit wenigen Sprüngen war er über den nassen Hausflur gehüpft, ich hörte, wie sein Kopf gegen den Lampenschirm der Glühbirne stieß, Frau Beranová schimpfte, daß er in ihrem sauberen Flur herumtrampele, sie füllte weitere Eimer mit Wasser und ließ es auf die Pflastersteine klatschen.

Tatsächlich, seit der Zeit, da mein Mann sein erstes Buch veröffentlicht hatte, bis zu seinem fünften, diesem Inserat, seit dieser Zeit behaupteten seine früheren Freunde, nicht, daß sie ihn beneidet hätten, dennoch behaupteten sie, mein Mann habe sich verändert, er sei jetzt ein Herr Schriftsteller, und deshalb schauten die ganz gewöhnlichen Leute nicht mehr bei uns vorbei, zum Beispiel einer, seinen Namen habe ich vergessen, der immer das gleiche schrieb, lauter Geschichten über Kisten, Kisten, die Särgen glichen, Kisten auf Straßenkreuzungen, Kisten, in denen die Gerätschaften zur Ausbesserung von Straßen und Wegen in der Peripherie lagen, Geschichten von riesigen Kisten, die mit einem mächtigen Schloß verschlossen waren, Kisten, mit Ketten umgurtet, oft hatte ich solche Kisten offen gesehen, Blaumänner entnahmen ihnen Spitzhacken und Gabeln, Hacken, Rechen und Harken, Beile und Brecheisen... Er redete gern über diese Kisten, er redete gern über die Arbeiter und sagte, auch er habe, bevor er Beamter geworden sei, an der Ausbesserung von Kopfsteinpflaster mitgearbeitet und einen Schlüssel zu seiner Kiste gehabt, nichts erregte ihn so sehr wie deren Inhalt und die Gespräche, die die Männer führten, wenn sie mit diesen Spitzhacken und Harken und Hacken und Beilen arbeiteten, irgendwie war dieser Mann ein Spitzenarbeiter, er trank gern Bier und Rum, benahm sich aber weit anständiger als mein Mann. Jetzt kam er nicht mehr zu uns, auch der Herr Buřil schaute nicht mehr herein, der stammte von irgendwo aus Prag-Strašnice, und man erzählte sich, er habe surrealistische Gedichte geschrieben und baue seit seiner Jugend im Garten an einem großen Schiff, es habe eine Kajüte und einen Mast und sei so groß, daß er es nie aus diesem Garten aufs Wasser schaffen könne, es sei denn, er zerlege es in seine Bestandteile und baue es am Wasser wieder zusammen.

Der Herr Šmoranc kam nicht mehr zu Besuch, der Anstreicher, von dem es hieß, er sei nach Vladimír Boudník der schönste von allen Dichtern gewesen, die zu uns gekommen waren, die Frauen flogen auf ihn, und ich wußte warum, der Herr Šmoranc hatte nämlich nicht nur sorgfältig frisierte blonde Locken und sah immer aus, als käme er geradewegs vom Friseur, er verstand es auch, sich elegant zu kleiden, vor allem war er jedoch stets ein Gentleman, sein Vorbild war Jacques Vaché, ein Surrealist, der weniger surrealistisch geschrieben, als surrealistisch gelebt hatte. Wenn der Herr Šmoranc vorbeigekommen war, schien es immer, als fiele Licht in unser düsteres Zimmer, seine Locken leuchteten, und da er im Freien auf Gerüsten arbeitete, war er immer braungebrannt, und wenn jemand einem griechischen Gott glich, war es der Herr Šmoranc, der immer stattlich war, er legte Wert darauf, seine gute Figur zu bewahren, spielte Tennis und genierte sich wegen seines Bäuchleins, ich wußte aber, wie überflüssig das war, denn der Herr Šmoranc war schön so, wie er war.

Standa Vávra, ein Buchdrucker aus Oberliben, kam auch nicht mehr zu Besuch, dieser Standa machte sich gerne schön, er rauchte leidenschaftlich und schrieb Gedichte und Erzählungen, er war stolz darauf, etwas von Literatur zu verstehen und alle Dichter von Baudelaire über Rimbaud bis zu diesen Bretons und Eluards zu kennen, der Standa war eigentlich der schönste von all diesen jungen Männern, er ging zur Arbeit und war stolz darauf, er kam immer phantastisch gekleidet und konnte freundlich lachen, er war galant zu mir, und so kam es, daß auch Vladimír Boudník ihn während seiner glorreichen Phase ins Herz geschlossen hatte, er nahm ihn mit zu seinen Happenings, die er mit Passanten, Schaulustigen und Interessenten auf den Straßen veranstaltete, wenn er die Schmutzflecken von den Prager Mauern auf Leinwand abmalte und Vorträge darüber hielt, wie einfach es doch wäre, die Prager Mauern in Bildergalerien zu verwandeln.

Auch der kleine Kulissenschieber Páša kam nicht mehr zu Besuch, mit dem mein Mann im Flur beim Herrn Vaništa in rauhen Mengen Bier getrunken hatte, sie hatten einfach nur so dagestanden und zehn, manchmal sogar noch mehr Bier gekippt, dieser winzig kleine Páša hatte ein schönes Töchterchen, Vendulka, sie gaben es uns einmal in die Ferien ins Riesengebirge mit, sie war klug und genauso lieb wie der Kulissenschieber Páša, der allerdings alles vertrank, dennoch mochten mein Mann und Páša einander so sehr, daß sie, wenn sie stockbesoffen waren, nach Mitternacht auf der Schwelle unserer Wohnung saßen und mit einem Nagel mehr als einmal den Schwur in die Toilettenwand ritzten, ab morgen ein neues Leben anzufangen, sie schworen beide, eine Kur zu machen, eine Entziehungskur zu machen und diese Saufereien bleibenzulassen, denn Páša vollbrachte dank dieses Saufens schon manch eine Fehlleistung...

Mein Mann feierte seit der Zeit, da er Schriftsteller war, zwar auch weiterhin diese Hochzeiten im Hause, aber mit anderen Leuten, es kamen Lektoren, es kamen Maler und Soziologen, die meist schon betrunken waren, sie hatten sich anderswo vollaufen lassen, und wenn der Herr Ducháček gegen Abend kam, war er meist schon beduselt, und mein Mann briet für alle auch weiterhin Pfannen voll Schweinefleisch, er kochte in großen Töpfen Gulasch und ging viele Krüge Bier holen, je stärker alle betrunken waren, desto lauter lachten und unterhielten sie sich, sie fielen einander ständig ins Wort, und es kamen auch Frauen, die noch betrunkener waren als die Männer, einige konnten sich gerade noch an den Mauern entlang schleppen, wir hatten nicht genügend Stühle, also mußten sie stehen, sie sackten in die Knie, beschmutzten die Wände und fielen auf dem Boden in tiefen Schlaf... Es kam auch der Herr Marysko, er rieb sich die Hände und ließ die Finger knacken, weil er im Nationaltheater immer noch sein Cello strich, manchmal brachte auch der Herr Ducháček seine Kumpane mit, und so kam es, daß sich einmal fast zwanzig Leute zu einer solchen Hochzeit im Hause versammelt hatten, mein Mann strahlte, ich bereitete die Teller vor, konnte sie aber nicht abzählen, ich hatte überhaupt nicht so viele Teller, und als noch ein weiterer Trupp junger Männer anrückte, da lief ich rot an, riß die Schürze los, nahm mein Schirmchen, meine hohen roten Schühchen, packte meinen Pyjama ein und schritt in die Nacht hinaus... und mein Mann und Herr Marysko banden sich Schürzen um und bewirteten diese ganze Bude voller grölender Männer, als ich wegstürmte, wachten die Lektorinnen und die Künstlerinnen wieder auf, und mein Mann und Herr Marysko verteilten Löffel und stellten die Töpfe mitten auf den Teppich, sie reichten Brot herum, und der Kater Etan spazierte zwischen diesen Trunkenbolden hindurch und stupste den Herrn Lektor Ducháček von seinem Schaukelstuhl, um dort zusammengerollt zuzuhören...

Mein Mann fuhr zu einer Diskussion mit seinen Lesern nach Mähren, in seine Geburtsstadt Brünn. Am nächsten Tag kam er zurück, trübsinnig und bedrückt. Am Abend, als ich aus meinem Grill, den wir beide Wienerwald nannten, heimkehrte, saß er am Tisch und spielte mit einem Bierdeckel, seine Hände zitterten, er konnte dieses Spiel mit dem runden Deckel aus dem Goldenen Tiger nicht abbrechen. Wie war's? fragte ich und tauchte meine schmutzigen, staubbedeckten Füße in die Waschschüssel. Er kniete nieder, seifte mir die Füße ein, wusch sie und erzählte leise... Alles ging gut, bis ich den Saal betrat, da stand ein Mann in einer Ecke, zwischen den Fingern hielt er einen Zwicker, neben ihm war eine Frau, und dieser Mensch sagte... Ich bin beauftragt... Sie sind doch Herr Hrabal, nicht wahr? Aber sicher! Mein Kamerad, ein ehemaliger österreichischer Offizier, hat mich beauftragt, Ihnen mitzuteilen, daß Sie sein Sohn sind. Und das hier ist Ihre Schwester... Er bedauert, daß er Ihre Mutter damals nicht hat heiraten können, aber er mußte nach Galizien in die Schlacht, das, bitte schön, ist eine Photographie von ihm als österreichischer Offizier, hier in Uniform und da im Militärmantel. Und als der Krieg dann zu Ende war, war Ihre Mutter bereits verheiratet, aber Sie wissen ja, das Blut, Ihr leiblicher Vater, ein ehemaliger österreichischer Offizier, ist jetzt schon Opa, und es tut ihm schrecklich leid, aber Sie wissen ja, junges Blut damals in Österreich... Und er überreichte mir ein Päckchen mit Photographien, und ich sah diese meine Schwester an, sie hatte dieselben vorspringenden Backenknochen, dasselbe Katzengesicht wie ich... Dann kam der Veranstalter aus dem Saal gelaufen und rief... Gesucht wird Genosse Hrabal, in fünf Minuten beginnt die Diskussion! Und ich stand mit meiner

Schwester da, ich küßte sie, wie Katzen es tun, wenn sie einander begegnen... sie sagte zu mir... Papa hatte Angst, hierherzukommen, ob Sie ihm wohl verzeihen könnten, kommen Sie doch morgen zu uns, und schauen Sie sich unseren Vater an, kommen Sie, bitte! Und ich sagte, ich würde es mir überlegen, und aus dem Saal hörte ich... Bitte, Genosse Hrabal, die Diskussion hat begonnen...! Und ich saß auf einem Podium in meiner Geburtsstadt, wenige Minuten, nachdem ich meine Schwester zum ersten Mal gesehen hatte, immer noch hielt ich diese alten Aufnahmen von einem Mann in der Uniform des alten Österreich in den Händen, jemand redete über mich, über mein Werk, ich zog einige Photos hervor, ja, er war ein gutaussehender Mann, ein schöner Mensch sogar... je länger ich aber diese Bilder betrachtete, desto klarer wurde mir, daß ich diesen meinen Papa morgen nicht besuchen werde, meinen Vater, denn mein Vater war derjenige, der zwar nicht mein leiblicher Vater war, mich jedoch erzogen hatte, der gesagt hatte, von mir aus kannst du jedes Jahr in der Realschule durchfallen, die Matura mußt du aber machen, er, der mich studieren ließ, der wegen meiner Mutter fürchterliche Schuldgefühle hatte, Francin... Also ging ich nicht dorthin, auch nicht zu meiner Schwester, er hatte gut daran getan, mein Papa in der österreichischen Uniform, daß er nicht gekommen war, um mich zu sehen, jetzt verstehe ich mich selbst viel besser, und weshalb ich ständig diese Schuldgefühle habe, weil ich in der Schuld gelebt habe, die Francin und meine Mutter durchlitten haben... und deshalb bin ich schuldlos immer tiefer in die Schuld hineingeschlittert, bin immer weiter und weiter vor dieser Schuld davongelaufen, die bereits vor meiner Geburt in mir steckte... wie es schon Herr Barthes sagte... Ich schreite zwar vorwärts, zeige mit dem Finger aber auf meine Maske, die ich mir als Schauspieler aufgesetzt habe, als Schauspieler, der sich vorgenommen hat, den Kaspar, den Clown zu mimen... sagte mein Mann, ich schaute auf ihn hinunter, er kniete vor mir und wusch meine Füße, er wusch meine Füße, und ich wußte in diesem Augenblick, daß er mein Mann und ich seine Frau war...

Wenn ich zu Hause in Libeň war, redete ich mehr mit dem Kater als mit meinem Mann. Und er lernte es, mir zu antworten, er wollte immer von sich aus, daß ich ihn auf den Arm nahm. Schon sprang er hoch, und ich hielt ihn unterm Bauch, der Kater schloß die Augen, und ich setzte ihn auf meinen Schoß. In solchen Augenblikken begriff ich wohl, was Mutterliebe war, es wurde mir weich ums Herz, wenn der Kater sich an mich schmiegte, sich auf meinem Schoß zusammenrollte. Manchmal schlief er ein, schaute mir vorher aber lange in die Augen, er stützte die Pfötchen auf meine Schultern, sah mich an und war offensichtlich manchmal der Meinung, ich hätte mich nicht gewaschen, also leckte er mir sorgfältig das Gesicht ab. Ein andermal dachte er, ich hätte schmutzige Ohren, also leckte er mir mit seinem Zünglein besorgt das Ohr und murmelte mir dabei etwas Verliebtes hinein, immer und immer wieder, und selbst wenn er schon auf meinem Schoß zusammengerollt lag, besann er sich manchmal eines anderen, ich hielt ihm mein Ohr hin, und er flüsterte mir noch etwas hinein, etwas Wunderschönes. Ich freute mich auf diese Augenblicke, ich freute mich auf zu Hause, genauso, wie mein Mann sich freute. Ohne Kater hätte er es zu Hause nicht ausgehalten, und wenn, dann nur, um wieder eine Hochzeit im Hause zu feiern. Der Kater kam gegen Morgen heim, ein Fenster stand immer einen Spalt weit offen, er schaute in das eine, dann in das andere Bett und entschied, wo er schlafen wollte... Er schlief immer wieder woanders, wir konnten es nie im voraus erraten, bei wem er schlafen würde. Wenn er schmutzige Pfötchen hatte, wischte ich sie mit einem Lappen sauber, ich putzte ihm das Bäuchlein und schimpfte ihn aus, er aber wußte, daß ich ihn nur zum Schein schalt, wie man Kinder schilt, und er war froh, daß er bei mir schlafen würde, wohlig schloß er die Augen und schnurrte. Und dann legte ich den Kopf aufs Kissen, war es draußen kalt, schlüpfte Etan unter die Decke, wärmte sich dort ein Weilchen und streckte sich dann der ganzen Länge nach neben meinem Körper aus, er war so lang, daß seine Hinterpfötchen bis zu meinen angewinkelten Knien reichten. Und er seufzte selig, leckte sich und wir schliefen süß, ich fühlte mich unglaublich wohl, wir schliefen und lagen möglichst lange so da, dieser Kater war ganz erhitzt unter der Decke, er schwitzte, duftete aber, und vor allem lag sein Köpfchen auf der Höhe meiner Augen, wir blinzelten einander zu, kontrollierten und beobachteten uns gegenseitig, und wenn wir feststellten, daß der andere noch an seinem Platz lag, schliefen wir selig weiter. Manchmal stand mein Mann auf, um uns zu betrachten. Das waren die schönsten Augenblicke unserer Ehe, wenn mein Mann sich im Morgengrauen über uns beugte und uns ansah, nacheinander streichelte und dann schaute, wie ich im Schlaf lächelte und der Kater zufrieden seufzte. Ich sah in den Augen meines Mannes die gleiche Zärtlichkeit, die auch ich für dieses Tierchen empfand, und der Kater wußte es, er war selbstbewußt und stolz darauf, daß er uns beide in der Hand hatte, jeden Tag überwachte er diese Freude und dieses Glück, das er uns bescherte, und war immer sehr taktvoll, kaum war einer von uns beiden trauriger als der andere, erkannte der Kater dies mit Sicherheit und widmete sich dann ganz den traurigeren Augen. Etan war rührend, und er aß alles, was wir aßen. Wehe, wenn wir ihm keinen Bissen von unserem Essen abgaben, dann sprang er auf einen Stuhl, legte die Vorderpfoten auf den Tisch, und wenn auch das noch nichts fruchtete und wir ihm keine Aufmerksamkeit schenkten, dann legte er ein Pfötchen auf einen angewinkelten Ellbogen. Manchmal taten wir, als ob Etan nicht da sei. Dann kratzte er mit verzweifelter Miene die Hand, über der er ein teilnahmsloses Gesicht sah, und miaute kläglich… und wenn wir ihm dann ein Stückchen Knödel, einen Bissen Fleisch oder ein Restchen von der Kartoffel gaben, was halt auf dem Tisch stand, dann aß auch Etan mit, denn die Mahlzeiten, diese Mittagessen, Abendessen und Frühstücke, sie waren für ihn die täglich wiederkehrende Kontrolle, ob wir ihn noch liebhatten. Manchmal stellten wir ihm beim Mittagessen ein kleines Tellerchen hin, dann setzte er sich mit den Hinterbeinen auf den Stuhl, stützte die Vorderpfoten auf den Tisch und hatte das Tellerchen vor sich, während des Essens blickte er um sich und aß immer ganz appetitlich, wie oft stellte ich meinem Mann den Kater als Vorbild hin, wenn ich meinen Mann beschimpfte, er esse wie ein Barbar, er schlinge alles nur herunter und solle sich nur mal Etan anschauen, wie schön der esse, daß dieser Kater an unserem Tisch das pure Gegenteil dieses Kerls sei, der uns auch noch Gesellschaft leiste, Etan schien das zu verstehen, und er aß so appetitlich, wie nur ein Kater essen und überhaupt alles tun kann, zum Beispiel auch Maniküre machen. Am liebsten aber gab ich unserem Kater das Frühstück. Er bekam immer etwas Milch, aufgewärmte Milch und darin ein zerbröckeltes Kipferl. Zuerst schleckte er die Milch und spreizte dabei ein bißchen die Beine, wenn sein Bäuchlein anschwoll... dann hielt er für ein Weilchen inne, und wenn mein Mann zu Hause war, warteten wir immer auf diesen Augenblick, wenn der Kater den Kopf zurückwandte, ohne den Körper zu drehen, und mich und meinen Mann schön lange ansah, als wollte er uns danken, anscheinend spürte er, daß wir ihn immer beobachteten, wenn er seine Milch schleckte... also schaute auch er uns an, wir beugten uns über ihn und streichelten ihn, und in diesem Augenblick, wenn wir beide über diesen Kater geneigt waren, schauten wir einander am Boden kauernd immer aus nächster Nähe an, und immer zwang uns dieser Kater, daß wir einander anlächelten, die Augen schlossen und die Stirnen gegeneinander rieben, so wie wir sie an Etan rieben... Und der Kater wußte all das, er teilte dieses Geheimnis mit uns, wir liebten einander, und der Kater verteilte seine Zuwendung behutsam, damit wir nur ja nicht eifersüchtig aufeinander wurden, denn Etan wußte sehr wohl, daß er für uns das Maß aller Dinge war...

Als mein Mann noch das schöne Ziel hatte, alle Prager Kneipen zu besuchen, um über jede eine kurze Reportage zu schreiben, machte er sich einmal auf den Weg in den Stadtteil Podolí und besuchte bei dieser Gelegenheit einen seiner Freunde, den Dichter Jan Zábrana. Er war ganz aus dem Häuschen, daß man das Zimmer dieses Dichters durch ein anderes Zimmer betrat, in dem vier Menschen saßen, die so alt waren, daß sie zusammen, wie der kranke Zábrana meinem Mann herzhaft lachend erzählte, dreihundertneunzig Jahre zählten, sie saßen nur noch da, in festliches Schwarz gekleidet, und warteten auf den Tod... und mein Mann überzeugte den Dichter davon, das Beste gegen Angina und Grippe sei viel wohltemperiertes Bier, und so warf der Poet, der eben mal einen Pyjama anhatte, den Wintermantel über, und die beiden durchquerten dieses Zimmer, in dem die vier Todeskandidaten saßen, die in der Tat zusammen dreihundertneunzig Jahre alt waren... und dann gingen sie zu den Karáseks, es war Vormittag, und mein Mann achtete darauf, daß das Bier wohltemperiert war, und der Dichter Zábrana fing an, die Beatniks zu zitieren, er fing an mit Ginsberg und Kerouac und anderen Hipster-Engeln, sie tranken dieses wohltemperierte Bier und bestellten dazu Grog, es dämmerte schon, als der Dichter Zábrana sich an Ferlinghetti erinnerte und dessen Verse rezitierte, dazu tranken die beiden so lange wohltemperiertes Bier und stärkende Grogs, bis das

Personal die Stühle auf die Tische stellte, dann zahlten sie, und als sie in die frische Luft hinauskamen, begannen sie über diesen schönen Versen der Beatniks zu schwanken, der Dichter Zábrana sagte, daß ihm schwindlig geworden sei, als er die Porträts dieser Dichter gesehen habe, und so hielten sie ein Taxi an und kamen nach Libeň, es war schon nach Mitternacht, und dort auf dem Hof erhielten diese Grogs eine Beschleunigung, und die beiden fielen um, mein Mann rief mich, er konnte aber nicht mehr aufstehen, und so gingen die Worte in Erfüllung, die der Dichter Karel Marysko über meinen Mann gesagt hatte, nämlich daß er sich so vollaufen lassen könne, daß er selbst noch im Liegen umfalle... So lagen sie da, ich konnte vor Wut nicht schlafen, der Herr Slavíček stolperte im Nachthemd über die beiden, und nachdem er versucht hatte, ihnen auf die Beine zu helfen, gab er es auf und pochte an mein Fenster, doch ich zog es vor, so zu tun, als wäre ich nicht da... Gegen Morgen ließ ich die beiden dann doch in die Wohnung... Und da erst sah ich diesen Dichter Zábrana, Honza Zábrana, von dem der Dichter Herr Kolář erzählte, er sei ein Gentleman, er liebe Rosensträuße, als er zusammen mit Herrn Zábrana und Herrn Hiršal in Odessa gewesen sei, habe allein Honza Zábrana es verstanden, den schönen Frauen von Odessa Sträuße roter Rosen zu schenken, zu Ehren von Benja Krik und den Erzählungen von Isaak Babel. Und so rezitierte der Dichter Zábrana die Verse der Beatniks für mich, während es langsam Tag wurde und mein Kleinod wie tot unterm Tisch lag, der Dichter hatte ein Bein elegant übers andere geschlagen, seine Augen waren schön, und obwohl er nur einen Pyjama und den Wintermantel trug, hatte noch nie jemand so schön rezitiert, Gedichte, die ich auch verstand, und er dankte mir immer wieder, daß er hier auf unserem Hof seine Grippe auskurieren durfte, und er hatte wunderschöne Augen wie Charles Boyer in den Geschichten aus Manhattan, in denen er unter einer fünf Meter hohen Uhr vor einem Wolkenkratzer steht, man sieht, wie er wartet, während der zwei Meter lange Zeiger vorwärts rückt, eine ganze Stunde lang... er wartet auf seine Liebste, doch sie kommt und kommt nicht, weil sie einen Autounfall gehabt hat, solche Augen hatte der Dichter Zábrana, als er mir Gedichte vortrug und mein Mann unterm Tisch lag und lamentierte... Und dann war es längst schon Morgen, der Dichter Zábrana küßte mir die Hand und ging zusammen mit meinem Mann Rindfleisch und Heringe kaufen, um sich Appetit zu machen, sie torkelten über den Hof, mein Mann aber war widerlich, wogegen der Dichter Zábrana appetitlich aussah, obwohl er Hauslatschen trug und die Hosenbeine seines gestreiften Pyjamas um seine Beine flatterten... und als sie zurückkamen, war der Dichter Zábrana schon wieder fit, wollte aber doch lieber nach Hause gehen und küßte mir die Hand... und mein Kleinod lag da und jammerte, er aß die sauren Heringe, aber es war ihm immer noch übel... und nach einer Weile kehrte der Dichter Zábrana zurück und überreichte mir einen Rosenstrauß... und auf dem Hof drehte er sich nochmals um und verneigte sich... Und mein Mann lag da und hatte Schluckauf, und am Nachmittag mußten wir ein Taxi nehmen, denn ich wollte den Film »Liebe am Nachmittag« mit Gary Cooper und Audrey Hepburn nicht verpassen... Mein Gott, reiß dich zusammen, sagte ich zu meinem Mann, aber er taumelte und hatte Schluckauf, dieser Film wurde irgendwo hinter den Kohlenlagern gespielt, dort beim ehemaligen Hotel Zur Stadt Köln... und der Vorführraum war klein wie zwei aneinandergekoppelte Wohnwagen und proppenvoll, wir kriegten nur einen Platz, weil wir Einladungskarten hatten, kaum fing jedoch diese Liebe am Nachmittag an, da bekam mein Mann schon wieder Schluckauf... die Zigeuner spielten »The Fascination«... und als mein Mann aufstand und sich seitwärts über die Beine der Zuschauer kämpfte, verdunkelte er mit seiner Silhouette für einen Augenblick die weiße Leinwand und rannte dann ins Freie, dort hinter der Tür war ein Drahtzaun rund um die Kohlenlager gespannt, und man konnte hören, wie mein Mann gräßlich würgte und kotzte... Und um seine Ehre zu retten, denn mein Mann hatte mir ans Herz gelegt, ich solle stets versuchen, seinen berühmten Namen zu repräsentieren, stand ich auf, jetzt erschien meine Silhouette im Film Liebe am Nachmittag, ich drehte mich um und sagte zu den Zuschauern ins grelle Licht hinein... verzeihen Sie, aber mein Mann hat ein Fischschwänzchen verschluckt! Ich setzte mich wieder, und nach einer Weile, als die Zigeuner im Film wieder mit Geige und Zimbal »The Fascination« spielten, drängte sich mein Mann wieder in den Raum, er schloß im grellen Licht die Augen, streckte die Hand vor sich aus und zeigte allen, was er sagte... Ein Heringsschwänzchen! Und ich riß ihn auf den Sessel zurück, und die Zigeuner spielten immer noch »The Fascination«, im Dampfbad und in der Sauna und unter der Dusche... Und als der Film zu Ende war, da glühte ich vor Scham, aber alle Zuschauer lachten und gratulierten meinem Mann, das sei eine erfrischende Auflockerung gewesen in einem zwar schönen, aber doch etwas kitschigen Film... und mein Kleinod zeigte ihnen nochmals dieses Heringsschwänzchen, das er dort am Drahtzaun herausgewürgt hatte...

Mein Mann hatte sich derart in den Wald von Kersko verliebt, daß er dort in einer Art Dauerbegeisterung lebte. Mit Wonne stellte er fest, daß ihn als Ersatz für die Libeňer Hochzeiten im Hause hier weitere und noch mehr Hochzeiten erwarteten, wer auch immer hier heiratete oder ein Kind bekam, wer Geburtstag oder Namenstag hatte, der feierte auch eine Hochzeit im Hause, ein großes Fest, mit einem Faß Bier und vielen Flaschen Schnaps, mit gebratenen Hähnchen und gespicktem Živaner Braten. Zudem hatte mein Mann binnen eines Jahres mit den ehemaligen Bauern und heutigen Arbeitern der Landwirtschaftlichen Genossenschaften Bekanntschaft geschlossen, mit allen Häuschenbesitzern, allen ehemaligen Gewerbetreibenden und sogar mit den Hilfspolizisten, mein Mann machte nämlich keine Unterschiede, für ihn war der ein guter Mensch, der in die Kneipe ging, in die Waldkneipe Hájenka, in die Kneipen von Semice und Hradišt'ko, er ging sogar bis nach Velenka, Chrást und Mandršejn, und überall mochte man meinen Mann, weil er sich gern produzierte, hier war er tatsächlich die Nummer eins und der Champion im Reden und im Biertrinken, folglich wurde mein Mann, wenn es Herbst und Winter wurde, zu den Schlachtfesten eingeladen, schon früh am Morgen schaute er zu, wie das Schwein aus dem Stall getrieben wurde, er vergoß Tränen bei dem schreckenerregenden Schlag mit der Keule oder bei dem Schuß aus der Schlachtpistole mitten zwischen die Augen des Tieres, und dann band er schnell eine Schürze um, er half beim Brühen und Ausnehmen des Schweins, wusch mit Vergnügen Därme aus, er scherzte, trank Schnäpschen und redete in einem fort, denn mein Mann war ein halber Bauer... Wenn ich mit meinem Mann durch die Felder ging, taute er auf, und wenn das Korn reif war, stolzierte er wie ein König durch die Raine, und wenn die Zeit gekommen war, riß er einige Ähren ab, schnupperte an den Körnern und sagte, in einer Woche sollte der Doktor Sedláček mit seinen Schnittern mähen gehen, und mein Mann kannte sich auch im Anpflanzen von Rüben und Futtermais aus, und so hatte er schon nach einem Jahr in jeder Kneipe seinen Stammtisch, an dem alte Bauern und junge Genossenschaftler saßen, und mein Mann lauschte gerne den Gesprächen, allem, was mit Feldarbeit zu tun hatte... Er verschaffte sich auch eine Landkarte von der Gegend und trug dort sämtliche örtliche Bezeichnungen für Felder und Wiesen ein, und wenn er heimkehrte, war er ganz begeistert von diesen abwechslungsreichen Namen... Und wie schon zu Hause, wo er auch einen Plan von der Hauptstadt Prag besaß, in den er ebenfalls in die Gäßchen und Straßen und auf die Plätze die Namen der Kneipen eintrug, die er bei seinen Streifzügen aufsuchte, so zeichnete er hier nicht nur die Namen von Wiesen und Feldern, von Sümpfen und Wäldern ein, er hielt in der Karte vom Kerskoer Waldgebiet sogar die Namen und Bezeichnungen von Bäumen fest.

Wenn mein Mann zu Hause war, saß er am Tisch und sah bis zum Einbruch der Dunkelheit auf die Allee hinaus, eine Birkenallee, die vom Gartentörchen zu unserem Häuschen führte, der erste Baum dort war eine riesige Birke, und ihr Stamm doppelt so dick wie bei den anderen, sie war eine Schönheit mit kräftigen Ästen und Zweigen, die nach allen Seiten herausragten wie ein Kettenkarussell, diese Birke, sagte mein Mann, sei genauso alt wie die anderen Bäume, habe aber die Dreistheit und Kraft gehabt, sich rechtzeitig vor den anderen den Raum zu ergattern, die anderen waren zwar genauso hoch gewachsen, hatten sich im Wuchs jedoch überrunden lassen, an ihren Seiten waren keine Zweige gewachsen, die Ansätze waren schwarz, deshalb konzentrierten die anderen Birken alle Anstrengungen auf ihren schlanken Wuchs, sie hatten eine schönere, glattere Rinde, und wenn ein Sturm aufkäme, würde diese gigantische Birke umknicken, doch bis hierher in diese Allee der kleinen Birken konnte kein Sturmwind rasen, da er von dicken Eichen gebremst wurde, die unser wie auch die benachbarten Grundstücke säumten... Denn als der Birkenwald angepflanzt wurde, hatten die Förster gleichzeitig eine Eichenkette gesetzt... Als in unserem Föhrenwald, der schon seit hundertvierzig Jahren hier steht, einmal alte Bäume gefällt wurden, zählte mein

Mann an den umgestürzten Stämmen die Jahresringe, er zeigte darauf und sagte zu mir, während er den Baumstamm betastete, daß einige Bäume so schlank seien, als zählten sie nur halb so viele Jahre wie die anderen, deren Stamm doppelt so dick war, und es sei das gleiche wie bei den Menschen, so sei es schon gewesen, als er noch die Schule besucht habe, das Gymnasium, auf der Realschule seien die Schüler in jeder Klasse ungefähr im gleichen Jahr zur Welt gekommen, aber keiner glich dem anderen, einige waren groß, die anderen klein. Mein Mann liebte es, mir etwas zu erklären, er belehrte mich ständig, und ich hörte ihm ungläubig zu, denn das, was er sagte, kam mir immer unglaublich, konfus und unwahrscheinlich vor. Er aber liebte es, mir etwas zu erklären, weil er in der Angst lebte, ich wollte ihm so allerlei austreiben, alle diese Dinge, die mir an ihm absonderlich vorkamen. Er ging zum Beispiel gern in sich, überließ sich seinen Träumen, aber nicht etwa so, als erinnerte er sich an etwas, als dächte er an eine Frau, nein, er versank plötzlich und ohne Grund in unserem Föhrenwald in Träume, er kniete langsam nieder, stützte das Kinn in die Hand, den Ellbogen aufs Knie und konnte dann so in der Hocke eine ganze Stunde lang wie ein Araber sitzen, ohne mit der Wimper zu zucken, er lächelte nur selig und zuckte nicht mit der Wimper, weil er nicht einen Bruchteil einer Sekunde hinter den geschlossenen Lidern das verpassen wollte, was er sah... Und ich ertrug das nicht, ich glaubte, mein Mann sei ein Trottel. Also rief ich ihm aus heiterem Himmel etwas zu, ich schrie ihn an, doch mein Mann genierte sich kein bißchen, wie ich angenommen hatte, er erschrak nur fürchterlich, wurde blaß und war keines Wortes fähig, als hätte ich ihn aufgeweckt... Wenn du nur etwas tun würdest, sieh nur, die Schwelle müßte festgenagelt werden, erstens zieht es herein und zweitens kommen die Mäuse ins Haus... Und mein Mann stand an einen Baumstamm gelehnt oder hockte, den Ellbogen auf dem Knie und das Kinn in der Hand, am Boden, und wenn er mich anschaute, sah ich, daß ich ihn irgendwo herausgerissen hatte und er mich haßte... Ich kann nirgendwohin mehr davonlaufen, sagte er verzweifelt, und seine Stimme zitterte...

Seit der Zeit, da wir dieses Häuschen gekauft hatten, das wir um ein Atelier, um eine Art Dachboden mit Zinndach, aufgestockt hatten, und übers Wochenende nach Kersko fuhren, seit dieser Zeit hatte ich meinen Mann nicht mehr schreiben sehen. Mit diesem Schreiben war es immer noch das gleiche wie in Libeň. Wenn mein Mann anfangen wollte zu schreiben, konzentrierte er sich einige Stunden lang darauf, er schaute zum Fenster hinaus, spazierte im Hof herum, trank Kaffee, aß nicht und rauchte. Und wenn er sich zwei Stunden später hinsetzte, ein Blatt in seine Maschine spannte und zu schreiben anfing, hatte ich immer den Eindruck, er sause mit seiner Schreibmaschine und seinem Stuhl durch die Lüfte, er flitze auf einem fliegenden Teppich durch die Wolken, wenn er schrieb, hackte er in die Tasten, er brummelte etwas vor sich hin, murmelte und schaute seine Maschine manchmal an, als wollte er sie gleich packen und durchs Fenster ins Freie schmeißen... Und es war sonderbar, wenn er am offenen Fenster oder bei schönem Wetter auch im Hof oder auf der Veranda oder am Küchentisch schrieb, manchmal kamen Kinder, und er schrieb weiter, während er ihre Fragen beantwortete, und die kleinen Gäste verschwanden wieder, oder der Briefträger brachte ihm einen Brief und manchmal auch Geld, aber mein Mann schrieb weiter, er nickte, und die Leute freuten sich, einen Schriftsteller bei der Arbeit zu sehen und wollten nicht glauben, daß das, was er so schnell in die Maschine hackte, überhaupt einen Sinn haben konnte. Sie stellten sich hinter ihm auf und schauten ihm über seine Schulter zu, wie die Typen auf die Seiten hämmerten... und sie nickten und gingen wieder hinaus, die Kinder spielten weiter im Hof, ein Ball flog über den Kopf meines Mannes, doch ihn konnte das nicht aus der Ruhe bringen. Hätte ich hingegen über seine Schulter geschaut, hätte er aufgeschrien, als drehe man ihm, wie er sich ausdrückte, den Penis durch den Fleischwolf.

So hörte mein Mann in meinem Beisein zu schreiben auf, ich erschreckte ihn, wenn ich vorzeitig heimkam, und so, wie er erlahmt war, wenn er mich im Hof von Libeň gesehen hatte, erlahmte er jetzt und schob seine Schreibutensilien zur Seite, wenn er mich in Kersko durch die Birkenallee kommen sah... Du wirst es zu Ende schreiben, sagte ich barsch und winkte ab, morgen, wenn ich wieder weg bin, du sollst eben nicht saufen, sondern schreiben, wenn ich bei der Arbeit bin... und wieder redete er nicht mehr mit mir, drehte im Wald seine Runden und kam beschwipst nach Hause, und ich hatte das Gefühl, ihm wenigstens in diesem Augenblick überlegen zu sein. Und er zahlte es mir heim, kaum war ich eine Viertelstunde da, verschwand er im Wald, vagabundierte sogar im Regen am Fluß entlang und durch die Wiesen und stattete seinen Kneipen einen Besuch ab. Von diesem Herumstreunen, das er »Ich geh ein bißchen spazieren« nannte, kam er erst spät in der Nacht, wenn ich schon schlief, zu mir zurück, grölte an der Gabelung der Alleen mit den Nachbarn herum, ständig schrien sie etwas, das ich nicht verstand, sie verabredeten über große Entfernungen hinweg, wo sie sich morgen treffen wollten... Das Häuschen schloß ich nie ab, es stand immer offen, wie auch unsere Wohnung in Libeň nie abgeschlossen war, im Sommer standen die Fenster offen, im Winter ein kleines, damit der Kater ein und aus gehen konnte. Hier in Kersko saß Etan jedoch am liebsten mit mir daheim, er kauerte auf meinem Schoß, litt und schwitzte vor Entsetzen angesichts dieses Waldes, und erst wenn wir ihn ins Auto springen ließen, wurde er wieder munter, hielt sich die ganze Fahrt über mit den Pfötchen die Augen zu, und wenn er doch einmal aus dem fahrenden Auto schaute, schwitzte er und wollte diese rückwärts entschwindende Welt nicht sehen... erst in Prag-Vysočany streckte er sich, stemmte die Pfoten gegen die Scheibe und schaute hinaus, und wenn wir in die Ronkovagasse einbogen und durch die Brandopfer Gasse in die Gottlaß-Gasse fuhren, da lachte er schon, er sah mich an, küßte mir die Hand, und wenn wir stehenblieben und die Tür öffneten, hüpfte er vor dem Haus Nummer vierundzwanzig herum, streckte sich und sprang in den Hof, und bevor wir alle Siebensachen ausgepackt hatten, wälzte er sich im Staub unter der Wasserpumpe…

Im Hotel, wo ich Brathendl servierte, in unserem Grill, in dem ich schon längst alles wie im Spiel schaffte, ich hatte sogar das Portemonnaie, kassierte und bekam Trinkgelder, von denen ich nicht einmal geträumt hätte, in meinem Grill, in dem ich mich wie zu Hause bewegte, denn Lampenfieber und Müdigkeit kannte ich schon seit langem nicht mehr, in unserem winzigen Lokal im Zentrum von Prag, wohin Gäste kamen, die mich kannten und Eliška nannten, und einige, die mich gut kannten, nannten mich Pipsi, sie betraten diesen Grill wie ihr Zuhause, Filmschauspieler und Theaterleute, Regisseure, Schwarze mit weißem Lächeln, Studenten und Gäste, die an der Auslage schon vorübergegangen waren, nun aber wieder umkehrten, nachdem sie unsere goldenen Hähnchen gesehen hatten, Kunden, die sich in unserem verglasten Grill erstaunt umschauten, hier also, wo ich bei meiner Arbeit glücklich war und mich sogar darauf freute, vor allem, weil ich das Portemonnaie hatte, hier ging diese schöne Zeit ihrem Ende entgegen, denn es kam eine neue Serviererin, eine aufgeplusterte Gans mit gebleichtem Haar, sie hatte diese Arbeit noch nie gemacht, die Mädchen vom Restaurant sagten aber, sie sei die Liebste unseres Direktors, ich solle mich vor ihr in acht nehmen, ich fühlte mich jedoch sicher, denn ich hatte nicht nur in der Küche des Hotels Paris, sondern auch hier in diesem Lokal mittlerweile schon mehr als vier Jahre gearbeitet… auf einmal aber sagte der Direktor, ich solle ihm das Portemonnaie geben, damit sein Flittchen hier kassiere, ich errötete vor Scham, denn sein Portemonnaie einfach so abzugeben, das bedeutete in unserem Gewerbe so viel wie einen Vertrauensverlust. Ich band die Schürze los und reichte die Kündigung ein…

Und so kam es, daß ich eine Woche später Angestellte einer Altstoff-Sammelstelle wurde, in der Papierabteilung, Angestellte jenes Unternehmens, von dem aus die Lastwagenfahrer zu meinem Mann in die Spálená-Gasse gefahren waren, um die Papierballen aufzuladen. Und ich, die ich an die Düfte von Braten und Getränken, Salaten und Blumen gewöhnt war, die ich es gewöhnt war, mich im Lokal zu bewegen, als tanzte ich, denn dieser Komplex war mir geblieben, weil ich schon als kleines Mädchen hatte Tänzerin werden wollen, ich, die ich im Grill nie gesessen, sondern immer in der Grundposition einer Ballerina dagestanden hatte, den rechten Fuß ausgestellt, ich wurde sozusagen über Nacht eine Angestellte, die ihren Stuhl, ihren Schreibtisch, ihr Schränkchen und ihr Fenster hatte, von dem aus man in einen Hof sah, in den Lastwagen fuhren und wo die Ware direkt in Waggons verladen wurde, eine Angestellte, deren Büro unmittelbar an ein riesiges Lager grenzte, in dem zehn Frauen Altpapier packten… Und ich war Buchhalterin, ich registrierte diese Autos mit dem Papier, ich schrieb Quittungen und Rechnungen, die ich in ein Buch eintrug und am Ende des Tages zusammenrechnete, und am Ende der Woche zählte ich diese Tagesrechnungen zusammen und am Ende des Monats verfaßte ich einen Gesamtbericht über die Wirtschaftsführung des Papierbetriebs. Vor allem aber stellte ich die Quittungen für die Papierfabriken aus, denen wir die gepreßten Ballen lieferten. Nach einem Monat wurde mir klar, daß keiner hier diese Arbeit machen wollte, denn wenn Lastwagen ankamen, wenn sie mit ihren Ballen in die Papierfabrik fuhren, mußte ich immer anwesend sein, alles mußte durch meine Hände, ich hatte alles zu notieren, zu addieren, zu berechnen... Tag für Tag hundertfünfzig Quittungen und Rechnungen... und auf jeden dieser Zettel mußte ich den Firmenstempel und meine Unterschrift setzen...

Erst nach einem Jahr nahm mein Mann das Milchschüsselchen weg und begrub es im Wald von Kersko unter den Föhren in einem kleinen Grab, in das er Blumen warf, er schüttete es mit Erde zu und legte anstelle einer Grabplatte einen großen Stein darauf... Oft sahen wir einander an, wir, die wir uns schon lange nicht mehr aus Liebe küßten, berührten uns, wenn wir gleichzeitig an unseren Kater dachten, mit der Stirn und gaben uns ein Küßchen... und die Küsse bedeuteten mit der Zeit mehr als das, womit wir unsere merkwürdige Ehe begonnen hatten, eine Ehe, in der wir beide wußten, daß wir uns überhaupt nicht mochten und dennoch irgendwie zueinander gehörten... Und als wir im Sommer dann einmal nach Kersko fuhren, als wir unsere Taschen und Pakete ausgeladen hatten, um unsere Föhren und Birken herumgegangen waren und sie liebkost hatten, als ich am Nachmittag Zeitungen und Zeitschriften las, denn seit ich in der Altstoff-Sammelstelle arbeitete, hatte ich alle Zeitschriften und Zeitungen zur Verfügung, jeden Tag und jede Woche, denn die Lastwagenfahrer und die Beifahrer brachten Hunderte von Mängelexemplaren, die wir untereinander verteilten, als ich an jenem Nachmittag also Zeitungen und Zeitschriften las, die ich nie gekauft hätte, genauso wie mein Mann nur jene Bücher las, die er während seiner vier Jahre im Altpapier gefunden hatte, andere Bücher las er nicht, er hatte Hunderte, ja Tausende davon, ich sah jedoch, wie er immer nur in einigen wenigen las, die schon so abgegriffen und spekkig waren wie Kinderfibeln und Lesebücher am Ende eines Schuljahrs, als ich an jenem Nachmittag also die »Junge Welt« las, trat mein Mann ein, er war glücklich und verblüfft, er machte mir ein Zeichen, daß eine große Überraschung eingetroffen sei... ich hob den Blick und freute mich... Etan ist zurückgekehrt! Mein Mann nickte, nahm mich an der Hand, führte mich hinters Häuschen zum Schuppen und sagte... Er ist nicht zurückgekehrt, aber er hat uns Kätzchen geschickt, drei Kätzchen, die sich verlaufen haben, und zwei davon gleichen ihm aufs Haar... Er holte ein sauberes Tellerchen, goß Milch hinein und stellte es vor die offene Tür des Schuppens, und kurz danach kamen drei Kätzchen angerannt, wie von Sinnen rasten sie zu dem Teller, stellten die Vorderpfötchen in die Milch und schleckten und schluckten... Als mein Mann nachgießen wollte, jagten sie von der Tellermitte aus wieder in den Schuppen zurück, und als er die Milch eingegossen hatte, sprangen sie wieder herbei... und leckten den Teller leer...

Mein Mann befand sich auf einer Reise in Deutschland, und Onkel Pepin wartete im eisgekühlten Sarg darauf, daß er zurückkam. Das Begräbnis fand einen Tag vor Frühlingsbeginn statt, Onkel Pepin war im Altersheim von Lysá gestorben und hatte die Welt nicht mehr wahrgenommen, Břet'a war seit langem schon geschieden und wieder verheiratet, er hatte Dáša geheiratet, die ein kleines Mädchen Danka in die Ehe mitbrachte, ihr Kreuz mit dem Onkel gehabt hatte, denn er hatte dort in der Villa an der Elbe nicht mal mehr die Toilette gefunden, er war aufgewacht und hatte nicht mehr gewußt, wo er war, auf allen vieren war er herumgekrochen und immer wieder mit dem Kopf gegen die Stuhlbeine geprallt, das war jetzt sein Leben, in der Abteilung für Gehbehinderte hatte er dann eigentlich nur noch gelegen, mein Mann hatte ihn besucht, der Onkel Pepin hatte aber nicht mehr gesprochen und nur noch zur Decke gestarrt, als hätte er durch die Decke hindurch seinen Himmel gesehen... Und dann wurde der Onkel eingeäschert und bekam zwei Todesanzeigen, die eine ließ mein Mann nach eigenem Gutdünken drucken, und an der Stelle, wo üblicherweise ein frommer Spruch steht, ließ mein Mann einen Satz drucken, den Pepin gern wiederholte... Diese Welt ist schön, zum Verrücktwerden schön, nicht, daß sie das wäre, aber ich sehe sie so... Der Mutter mißfiel diese Anzeige, sie gab noch eine konventionelle in Auftrag, und wieder einmal war mein Mann, wie sein Leben lang, anderer Meinung als seine Mutter... Nach dem Begräbnis lud mein Mann zum Hochzeitsmahl in das Gasthaus Beim Gregor ein, im Garten gab es dort eine Kegelbahn und in dieser Kegelbahn ein Tischarrangement für Hochzeiten und Promotionen, mein Mann aber feierte dort den Tod des Onkels Pepin, schon ein Stündchen nach dem Begräbnis herrschte Heiterkeit, die Leute erzählten sich lustige Geschichten aus dem Leben von Onkel Pepin, wir tranken Wein und Bier und aßen Schnitzel, weshalb dieser Leichenschmaus bis spät in die Nacht hinein eigentlich eines dieser Festmahle in unserem Hause war, eine Hochzeit im Hause... Und danach fuhr mein Mann wieder ins Ausland, und als er zurückkam, begruben wir den Herrn Kocián, der an Sklerose gestorben war, langsam war er verfallen, er war verwirrt gewesen, hatte Fehlleistungen vollbracht, und gegen Schluß half ihm nicht einmal mehr die Vorstellung, daß er ein natürlicher Sohn des Grafen Lánský von Růže war, genausowenig wie die Gewißheit, daß er ein Schwarzenberg-Hütchen und eine Wildlederjacke trug.

Und ich kam nicht mehr aus den Trauerkleidern heraus, auch meine Mama war gestorben, an Krebs war meine liebe Mama dort in Deutschland gestorben, und als ich sie in der Leichenhalle des Krankenhauses in Schwetzingen sah, war sie so winzig wie ein kleines Mädchen, meine Mama, die hartnäckig und halsstarrig gewesen war, gegen die keiner etwas hatte ausrichten können, nur dieser Krebs hatte sie ganz langsam so aufgezehrt, daß sie in einem weißen Kindersarg Platz gefunden hätte... Und kaum hatte ich den Tod meiner Mama in die sichtbare Welt hinausgeweint, begann Vater Francin dahinzusiechen, er wurde an der Prostata operiert, in dem Städtchen, wo, wie mein Mann sagte, tatsächlich die Zeit allmählich stehenblieb, als wir ankamen, wurde Francin gerade vom Operationssaal durch den Korridor gefahren, er war mit einem Laken zugedeckt und hatte einen Schnuller im Mund, einen Schnuller wie für kleine Kinder. Und dann sagte der Doktor, der den Vater operiert hatte, wir sollten uns auf das Schlimmste gefaßt machen...

Als Vater Francin gestorben war, gingen wir in die Totenkammer, um uns von ihm zu verabschieden, ein Angestellter öffnete den Raum für uns, der Vater lag nach der Obduktion auf einem Steintisch, er sah aus wie ein toter römischer Senator, das Leintuch bildete ein Faltengewand, in das er bis zum Gürtel eingehüllt war, seine Hände lagen über Kreuz auf der Brust, erst jetzt bemerkte ich, wie abgearbeitet Vaters Hände waren, sie waren braun bis zu den Gelenken, braun war auch sein Kopf und der Hals, denn der Vater hatte sich nie in die Sonne gelegt und sah deshalb wie alle österreichischen Beamten aus, die einen Körper hatten wie frisch gefallener Schnee und deren Hände, Hals und Kopf nur gebräunt waren... Und diese Hände waren mit Narben übersät, von diesen Schraubenziehern und Schlüsseln, mit denen er sein Lebtag Motorräder und Autos auseinandermontiert und wieder zusammengebastelt hatte,

Břet'a war mit uns dort, er neigte sich über seinen Vater und küßte ihm die Hände...

Am Sarg des Vaters sprach Hanuš Bohmann, ein schöner Maler und Freund der Familie, dieser Maler war für mich wie eine Erscheinung, einen so schönen Menschen hatte ich noch nie gesehen, noch nie hatte ich jemanden so schön sprechen hören... und danach kam in der Kegelbahn Beim Gregor allmählich Stimmung auf, wir aßen und tranken und waren schließlich fröhlich, nur die Mutter lachte nicht mehr, sie rauchte und sah aus, als sei sie vom Grabe auferstanden, und so sollte sie in Zukunft immer aussehen, Francin fehlte ihr, erst nach seinem Tod wurde der Mutter bewußt, daß ihr Francin ein phantastischer Mann gewesen war, der sie unglaublich geliebt hatte. Von nun an zog sich die Mutter in sich zurück, sie lag oft im Bett und schlief auch am Vormittag, neben ihr lag zusammengerollt eine alte Katze, von meiner neuen Schwägerin ließ sich die Mutter gar nichts sagen, sie begann, die Nachbarn in der Villa Venouš zu besuchen, ging zu ihnen, um Fernsehen zu schauen und setzte sich sogar in den Kopf, sich dort in der Waschküche eine kleine Küche und ein Zimmerchen einzurichten und aus ihrer Villa auszuziehen, die sie zusammen mit Francin gebaut hatte, sie wollte wieder in einer Wohnung leben, die ein bißchen jenem Häuschen in der Balbíngasse in Židenice glich, wo sie als Kind und als Mädchen und als junge Frau gewohnt hatte, jenem Häuschen, zu dem sie genau wie mein Mann eine sakrale Beziehung hatte. Und so war es gekommen, daß die

Mutter den Wunsch äußerte, Francin solle in der Erde begraben werden, am Kopf des Grabes stand eine große Birke, und da setzten wir die Urne des Onkel Pepin und den Sarg mit dem Leib des Vaters bei…

Manchmal kam auch Vladimír nach Libeň, jetzt besuchte er uns öfters, weil er sich in ein junges Mädchen verliebt hatte, sie hieß Věra, und er hatte beschlossen, sie zu heiraten… Er hatte die Hochzeit auf den einundzwanzigsten August im Jahre achtundsechzig in Krummau festgesetzt und meinen Mann gebeten, wenn er schon bei der Hochzeit mit Tekla Trauzeuge gewesen sei, dann möge er auch jetzt wieder Trauzeuge sein… Und in dieser Nacht wurden wir von den Nachbarn geweckt, ganze Straßenzüge in Libeň, die ganze Stadt, das ganze Land war auf den Beinen, in der Luft dröhnten Flugzeuge, die Russen landeten, und dann kamen Panzer angerollt, und als ich zur Arbeit ging, sah ich Truppen von Russen und Polen, in Prag wurde geschossen, ein Lastwagen fuhr zur Palmovka, obendrauf standen junge Männer mit einer blutverschmierten Fahne, und mein Mann wollte in der Früh mit seinem Wagen nach Krummau zur Hochzeit fahren, bei der Palmovka hielten Panzer ihn an, also kehrte er um und versuchte, über den Stroßmayer-Platz zu fahren, aber auch dort standen Panzer, mein Mann sagte, er fahre zu einer Hochzeit, sein Freund heirate, er müsse zur Hochzeit, aber die ganze Stadt war schon gelähmt, also fehlte mein Mann bei der Hochzeit, zu Fuß machte er sich dann in die Stadt auf und begegnete dem Herrn Marysko, und die beiden gingen zu einer Ausstellung ins Wallenstein Palais, klopften ans Tor, und der Herr Marysko schrie... Öffnet das Tor, an das ich weinend klopfe! Und durch einen Spalt ertönte eine Stimme... Die Ausstellung wird verschoben... und mein Mann und der Herr Marysko trommelten ans Tor und schrien... das werden Sie zu verantworten haben, aufmachen, es ist zehn Uhr, die Ausstellung muß eröffnet werden! ...

An jenem Vormittag, als mein Mann sich von Herrn Marysko verabschiedete, von diesem Dichter, der zu Ehren der Ereignisse, die er gesehen hatte, nach Hause ging, um Verse für seine Muse, die Elbner Teichrose, zu schreiben... begegnete mein Mann, der bei allem dabeisein mußte, wie er mir erzählte, dort unten am Wenzelsplatz der Leiterin der Auslandsabteilung des Verlags Tschechoslowakischer Schriftsteller, auf dessen Fenster jetzt eine sowjetische Kanone gerichtet war, die schußbereit neben der Weinstube Bei den Ursulinerinnen stand, und diese Leiterin führte einen elend aussehenden Menschen mit sich, und als sie meinen Mann sah, sagte sie hocherfreut... Mein Lieber, ich stelle Ihnen hier den berühmten Schriftsteller Heinrich Böll vor, er möchte sich das Funkhaus ansehen... und diese Leiterin hatte verängstigte Augen, sie war Jüdin und hatte während des Krieges schon einiges durchgemacht... und so ging mein Mann den Wenzelsplatz hinauf, über den zornige Gruppen junger Leute zogen, sie schrien Es lebe Dubček, und überall standen Jeeps mit sowjetischen Soldaten... Heinrich Böll starrte sie an, als wären sie eine Vision... Mein lieber Bohumil... schauen Sie nur, was für Hände diese Soldaten haben! und was für Gesichter, und wie verdreckt ihre Stiefel sind... als kämen sie direkt von der Front! ... Die Jeeps standen da, und die Soldaten lächelten, während Massen von jungen Leuten mit Fahnen den Wenzelsplatz hinauf- und hinunterströmten, aus den Seitenstraßen kamen weitere Scharen junger Leute hinzu, und alle schrien... Es lebe Dubček! Es lebe Svoboda! ... und der Schriftsteller Heinrich Böll schüttete sich aus einem gefalteten Papierchen ein Pulver in den Mund, seine Hände zitterten und waren mit dem weißen Pulver bestreut, und er sah aus, sagte mein Mann, wie ein gekreuzigter Bauer. Bei der Statue des heiligen Wenzel drehte sich Heinrich Böll um und blickte nach unten, die jungen Leute, die sich platzaufwärts drängten, stießen ihn an, und Heinrich sagte immer wieder vor sich hin... Jesus Maria... Weh den Besiegten... und mein Mann tröstete ihn und sagte Vae victis... Und so kämpften sie sich durch die Massen bis zum Anfang der Stalinstraße, hier waren nicht mehr so viele Menschen, quer über der Straße standen sowjetische Panzer, so daß sie durch ein großes zerstörtes Möbelgeschäft gehen mußten, mein Mann erzählte mir, wie Heinrich Böll auf einmal die Ohren spitzte und vorsichtig über die zersplitterten Schaufenster und zerbrochenen Möbelstücke stieg, er ging wie ein Soldat, sein Schritt war präzis, er ging wie eine Katze, horchte mit dem ganzen Körper... dort vor ihnen auf der Straße beim Funkhaus standen sowjetische Panzer, einer hatte sein Rohr auf die Fenster des Funkhauses gerichtet, zwei

Panzer waren ausgebrannt, auf einem begann ein Feuer zu züngeln, und zwei sowjetische Soldaten löschten den aufflackernden Brand... Heinrich Böll legte die Hand auf den Arm meines Mannes und sagte leise zu ihm... Mein lieber Bohumil... ich war sechs Jahre im Krieg... ich habe in der zweiten Linie nicht nur Paris eingenommen... ich war dann auch im Osten... ich bin als Soldat bis auf die Krim gekommen... und dann langsam wieder zurück... bei Köln wurde ich gefangengenommen... Und mein Mann fragte... an der Elbe? Nein, sagte Heinrich... am Rhein... ich bin aus Köln, aus Köln am Rhein... Wir wollen aber weitergehen... Und wieder rückte Heinrich Böll Schritt für Schritt vor, leichtfüßig und vorsichtig ging er dahin, als würde er eine der Städte einnehmen, die er mit der Wehrmacht während jener sechs Jahre eingenommen hatte... und so drängten sich mein Mann und Heinrich Böll bis zu den Panzern vor, die von jungen Leuten umstellt waren, die immer noch schrien... Es lebe Dubček... aber die Soldaten, die auf den Panzern oder an sie gelehnt dastanden, waren gleichgültig und gelassen, als nähmen sie an irgendeinem Manöver teil, zwei Offiziere wurden von jungen Leuten umringt, die auf russisch mit ihnen diskutierten... aber die Offiziere antworteten knapp und lächelnd, Heinrich Böll stand neben einem ausgebrannten Panzer und flüsterte meinem Mann zu... Na, wenn der Wehrmacht so was passiert wäre, wäre sofort geschossen worden, und es hätte Hinrichtungen gegeben... Und wieder begann ein Panzer zu brennen, ausgeflossenes Öl und Benzin hatten Feuer gefangen... ohne sich darüber aufzuregen, sprangen die sowjetischen Soldaten wieder auf ihre

Fahrzeuge und schlugen mit Mänteln und Decken auf das Feuer ein, sie löschten es, und einige lächelten sogar... auf dem Bürgersteig war eine Blutlache, darin lagen eine Nationalfahne... und Blumen... die Offiziere aber wurden noch immer von aufgebrachten jungen Männern umringt, die sich mit ihnen auf russisch unterhalten wollten... und die Offiziere lächelten, während die Besatzungen an die Panzer gelehnt dastanden und die Maschinengewehre in den Händen hielten, einige hatten sie sogar lässig auf das vorgebeugte Knie gelegt... Heinrich Böll nickte und drehte sich um und ging langsam in den zerschossenen Laden zurück, durch die zersplitterten Schaufenster traten die beiden ein, unter ihren Schuhen knirschten die Glassplitter... und Heinrich Böll sagte zu meinem Mann... Dieser Narr von Hermann Hesse, der vor fünfzig Jahren geschrieben hat... halb Europa sei auf dem Weg ins Chaos, es stürze sich mit heiliger Begeisterung singend in den Abgrund... betrunken und hymnisch wie Dimitri Karamasow... Mein Mann sagte begeistert... O Mitetschka Karamasow, das ist mein Kumpan, o Fürst Myschkin und Stawrogin... Und Heinrich Böll lächelte, tätschelte meinem Mann die Wange und sagte... Ich bin aufgewachsen, ich bin groß geworden mit Dostojewski, ich bin groß geworden mit Tschechow... ich bin begeistert in den Krieg gezogen, weil ich dabeisein wollte! Ich bin, mein lieber Bohumil, freiwillig gegangen, als Obergefreiter der Wehrmacht... und jetzt stehe ich hier mit einem Gefühl der Schuld, jetzt fühle ich mich hier noch elender als damals, als ich ein halbes Jahr in Gefangenschaft war... jetzt bedaure ich, daß diese Armeen im

Jahre fünfundvierzig nicht erst bei uns am Rhein stehengeblieben sind... hymnisch wie Dimitri Karamasow...

Und an jenem Augustabend saß ich zu Hause, wir machten Feuer im Ofen, draußen war es warm, in unserer Wohnung mußte jedoch gerade dann am meisten geheizt werden, wenn draußen ein Sommertag war... Vladimír hatte seine Hochzeit in Krummau bereits hinter sich, seine glorreiche Hochzeit, denn dort auf dem Platz standen bestimmt auch Panzer, und Vladimír, der immer alles auf sich bezog, war sicher begeistert, daß seine Hochzeit Zeugin eines so außergewöhnlichen Ereignisses geworden war, während mein Mann den Schriftsteller Heinrich Böll durch Prag begleitete... erst von meinem Mann habe ich erfahren, daß Heinrich tatsächlich ein großer Schriftsteller ist... und mein Mann erzählte mir weiter, wie sie den Wenzelsplatz hinuntergingen und weiter durch die Vodičková in die Jáma-Gasse, wo sie bei Kerzenlicht in einem Restaurant saßen und ein Bier trinken wollten, Heinrich nippte jedoch nur daran, er ließ sein Glas stehen, und so trank mein Mann es aus, weil Heinrich Böll sagte, seine Leber sei im Eimer, er trinke lieber Limonade, mit der er wieder so ein Pulver aus einem gefalteten Papier herunterspülte und sich dabei die Knie bestreute. Und Heinrich führte das Gespräch weiter, es war eigentlich kein Gespräch mit mir, sagte mein Mann, Böll beichtete vielmehr, er klagte sich an, weil ihm bewußt wurde, daß die Wehrmacht diesen zweiten Krieg verloren hatte und mit dieser Niederlage die Sowjets bis nach Prag gerufen hatte, zum zweiten Mal nach Prag... und einmal, und es wird nicht mehr lange dauern, werden diese Armeen bis an den Rhein vorstoßen... Mein lieber Bohumil... sagte Heinrich in der Jáma-Gasse leise, jetzt habe ich sie gesehen, diese sowjetischen Soldaten... und selbst wenn wir an der Ostfront alle so standhaft gekämpft hätten wie die Löwendivision aus Pommern... wie die standhafteste Division aus Pommern, die Division der Langen Beine... hätten wir verlieren müssen, weil diese Vorsehung, auf die Hitler sich berief... der böhmische Feldwebel, wie Hindenburg ihn aus Spaß oder aus Dummheit nannte... weil diese Vorsehung auf die sowjetische Armee wies, daß sie als Siegerin hervorgehen würde... mein lieber Bohumil... Gestern war ich Gast im Verlag Tschechoslowakischer Schriftsteller, dort im ersten Stock... und heute zielt eine Kanone dorthin... das ist Geschichte, mein lieber Bohumil... Jetzt ist es mir klargeworden, hier und heute in Prag... Wir haben einen totalen Krieg angefangen, und mit einem totalen Krieg haben die Sowjets es uns vergolten... Jedem das Seine... Jetzt habe ich es begriffen, erst hier und jetzt... Gestern hat Pavel Kohout mir bei Eduard Goldstücker von einem Gespräch mit dem Dichter Jewtuschenko berichtet... Wie viele Millionen seid ihr eigentlich? fragte Jewtuschenko, und Pavel antwortete, vierzehn Millionen... und Jewtuschenko sagte zu ihm... Dann könnt ihr keine eigene Politik haben... Ja, mein lieber Bohumil, bis zu dem Ort, wohin der römische Soldat gekommen ist, ist mit ihm auch das römische Recht gekommen... jetzt habe ich begriffen, warum Dostojewski und Tolstoi so selbstbewußt waren und stolz darauf, daß ihre Väter und Großväter Napoleon besiegt hatten, jetzt verstehe ich, daß alle Sowjets und folglich auch Jewtuschenko selbstbewußt und stolz darauf sind, daß ihre Väter Hitler besiegt haben... denn, mein lieber Bohumil, dort in Nürnberg wurden nicht nur Regierungsmitglieder verurteilt, dort bin auch ich verurteilt worden... das ganze Volk, wie Jaspers geschrieben hat... die Schuldfrage... sagte Heinrich Böll im Braní-Keller bitter und leise, und wir saßen da bei Kerzenlicht im Halbdunkel, von draußen hörte man die Rufe... Es lebe Dubček, und da stand ein Mann, der neben uns saß, plötzlich auf und sagte... Sie wollen wohl eine in die Goschen! Wir standen ebenfalls auf, und es half mir einen Dreck, als ich diesem Mann im schwachen Licht einer einzigen Kerze sagte, das sei Heinrich Böll... also traten wir auf die Straße hinaus, und durch Züge von jungen Leuten und Fahnen kämpften wir uns zum Hotel durch, in dem Heinrich Böll wohnte, dort auf den Teppichen des Alcron verabschiedeten wir uns voneinander, und Heinrich Böll war wieder niedergeschlagen und ernst und hatte dunkle Ringe unter den Augen, wie ein gekreuzigter Bauer sah er aus... das sagte mein Mann zu mir, und ich fing an zu weinen, denn auch ich hatte einst einen solchen Tag erlebt, dort oben in Prag-Letná... mit Kolben hatten sie uns zusammengetrieben und geschlagen, und dann hatten sie uns in ein unterirdisches Kino dort in Letná gepfercht, wo ich und mein Bruder Heini und meine Eltern dann eine ganze Woche lang saßen...

Welch ein Glück, daß ich vor langem schon die Anmeldung für eine Genossenschaftswohnung eingereicht und auch schon angezahlt hatte, sofort nach der Hochzeit hatte ich mich angemeldet, damit wir einmal, wenn die Zeit gekommen sein werde, in einem Neubau mit eigener Toilette, Zentralheizung und drei Zimmern wohnen könnten, zwar klein, aber unser, eine Küche, vor allem aber eine Toilette und ein Bad, danach sehnte ich mich, ich hatte nie vergessen, daß ich das zu Hause gehabt hatte, dort in der Villa mit den dreizehn Zimmern, wo ich mit Mutter und Vater, mit der Schwester Wutzi und den Brüdern Karli und Heini glücklich gewesen war. Als ich eines Tages gegen Abend heimkam und meine Libeňer Wohnung aufschloß, trat ich in Wasser, und als ich die Tür zur Küche und zum Zimmer öffnete, tropfte es auch dort von der Decke, die Teppiche schwammen im Wasser, wohin ich auch schaute, überall floß und gluckste Wasser... Jenda, der mit der schönen Braut, die ihm jedoch samt Kind weggelaufen war, weil er ständig trank, dieser Jenda hatte sich in der Früh Tee gekocht, und nachdem er ihn aufgegossen und die Kanne unter kaltes Wasser gestellt hatte, vergaß er, den Hahn wieder zuzudrehen, und den ganzen Vormittag über floß Wasser, erst nach zwölf Uhr kam Jendas Vater und drehte den Haupthahn ab, doch das Wasser war während dieser sechs Stunden in meine Wohnung geflossen, in diese Wohnung, die mein Mann niemals verlassen wollte, und als ich ihm zeigte, daß ich mich für eine Genossenschaftswohnung angemeldet hatte, schrie er wie ein alter Mann... Nie! Niemals! Meine Welt ist Libeň! Ich bleibe hier, ich rühr mich nicht von der Stelle! Ich öffnete die Schränke, überall Wasser, meine Kleider, oh weh! ... ich schaffte es nur noch, meine beiden schönen Schirmchen aufzuspannen, den blauen und den rosaroten, die mein Mann mir im Rausch gekauft hatte, totenblaß vor Wut watete ich durchs Wasser, so war ich immer nach einem Sommerregen dort in Losiny durchs Wasser gewatet, dort, wo wir eine Villa hatten, eine Sommerfrische, eine kleine Villa, die nun ein Kindergarten war. Jetzt aber watete ich durch eiskaltes, nach Gips stinkendes Wasser. Ich öffnete die Fenster und watete durch das knöcheltiefe Wasser und ging so lange auf den triefenden Teppichen hin und her, bis ich mich beruhigt hatte... Dann packte ich meine Sachen in einen Koffer, unser Kater schien nicht nur im voraus gewußt zu haben, daß Armeen kommen und Prag besetzen würden, er hatte auch gewußt, daß seine Wohnung, sein warmes Lager, sein Fenster, alles, was er hier geliebt hatte, von Wasser getränkt sein würde, daß alle Hochzeiten in diesem Hause nicht auf unbestimmte, sondern auf ewige Zeiten verschoben würden, so wie vor einigen Tagen nach Mitternacht die befreundeten Armeen auf ewige Zeiten hierhergekommen waren... So wurde mir in diesem Augenblick klar, daß nicht nur der Kater Etan, sondern auch Vater Francin rechtzeitig gestorben war, daß er im Sterben gelächelt hatte, als hätte er gewußt, daß er den Einmarsch dieser Armeen ohnehin nicht überlebt hätte, ich hatte Francin nämlich nur als einen Menschen gekannt, der immer wieder auf die Uhr schaute, um ja keine Nachrichtensendung aus den verschiedensten

Ländern, um ja nicht etwa einen Friedensvertrag zu verpassen.

Seit der Zeit, da die Russen nach Prag gekommen waren, schien mein Mann, der Laureat des Klement Gottwald Staatspreises, ständig zu warten, daß einmal ein Auto von der Straße in diese Allee einbiegen, daß ein Auto kommen und ihn abholen würde, und er hatte Angst vor diesem Augenblick und war starr vor Schreck... Darum spazierte er lieber durch den Wald und die Dörfer, manchmal fuhr er mit dem Bus nach Prag, er fuhr gern mit dem Bus, was war ein Auto dagegen! Das Auto war für ihn eine Qual, er wußte nicht, wo er parken sollte und durfte kein Bier trinken, er ertrug es nicht, in der Schlange zu stehen und bei Rot das Grünlicht abzuwarten, er fluchte und bekam trübe Augen, also saß er lieber im Bus und träumte die Fahrt über und haßte es, wenn ihn dann jemand ansprach, er saß einfach da, hielt seine Hand, umarmte das Gelenk, als wäre er selbst sein geliebtes Mädchen, er schaute hinaus in die Landschaft, auf diese öde Ebene, und entdeckte dort immer was, irgend etwas in dieser Gegend gefiel ihm immer, er lächelte diese öde Landschaft an und behauptete, sie lächle zurück. So fuhr er manchmal mit dem Bus, manchmal, wenn er von Entsetzen gepackt wurde, besonders, nachdem er von irgendeiner Rundfunkstation gehört hatte, er selbst und andere Schriftsteller seien mit Stricken gefesselt und an einen unbekannten Ort verschleppt worden, wenn er lang genug zur Allee hinausgestarrt hatte, die zu unserem Gartentor führte, und seine Augen schon schmerzten und immer noch kein Fahrzeug zu uns einbog, wenn kein Wagen kam, um ihn abzuholen, dann fuhr er mit dem Bus weg, im Bus brauchte er sich vor niemandem zu fürchten, und es war ihm völlig egal, wohin er fuhr, Hauptsache, er fuhr irgendwohin und saß in diesem Bus, wo er lesen und Butterbrote verzehren konnte, und wenn er irgendwo angekommen war, fuhr er mit dem erstbesten Bus wieder zurück, um dann die Nachbarn zu fragen... hat nicht irgendwer nach mir gefragt? Ist nicht ein Auto vor unser Gartentor gefahren?

Unsere drei Kätzchen, die der Kater Etan selig uns geschickt hatte, liefen nicht mehr vor uns davon, und wenn ich Milch und Fleischstückchen für sie hinstellte, kokettierten sie schon von weitem mit mir, als würde ich sie streicheln, sie schlugen Purzelbäume, rollten sich zusammen, lächelten mir von weitem zu, sie wären liebend gern zu mir gekommen, doch ich streckte meine Hand vergeblich nach ihnen aus, diese Kätzchen schlossen sogar schon die Augen, ganz nah war meine Hand über ihnen, um sie zu streicheln, doch ihre Furcht war stärker und sie stoben weg, um wieder von vorne zu beginnen, wiederum sahen mich diese Tierchen von weitem verliebt an, wieder miauten sie mir zärtlich zu, als entschuldigten sie sich, daß es heute noch nicht klappe, man würde beim nächsten Mal sehen, sie wollten sich bemühen, diese Furcht zu überwinden... Jeden Tag, wenn mein Mann und ich gegessen und lang genug auf den Weg vor unserem Häuschen geschaut hatten, stand ich auf und brachte einen sauberen Teller hinter den Schuppen, goß Milch darauf, und herbeigelockt vom Klang der Flüssigkeit, kamen die Kätzchen und leckten mit ihren rosaroten Zünglein, daß die Milch nach allen Seiten spritzte, jedesmal versuchte ich, das kleine Kännchen rasch abzustellen, um die Kätzchen flüchtig zu berühren, doch es gelang mir nicht, sie entwischten aus der Reichweite meiner Hand, also wollte ich sie überlisten, goß mit der einen Hand Milch nach und versuchte mit der anderen, eines der schleckenden Kätzchen anzufassen, doch bevor ich auch nur das Pelzchen berühren konnte, hüpfte das Kätzchen weg wie ein Floh... Da gab ich es auf, die Kätzchen berühren zu wollen, wir lernten uns auf Distanz schätzen, aber diese Entfernung verkürzte sich zusehends, einmal, als ich so dasaß und etwas las, berührte mich etwas von hinten, und am Schatten erkannte ich, daß es ein Kätzchen war, das mit meinem Schürzenzipfel spielte... also ging ich immer zu diesem Holzblock, um zu lesen, und nach einer Woche spielten die drei Kätzchen mit der losgebundenen Schürze, ich spürte durch den Stoff hindurch, wie angenehm es war, wenn diese Tierchen mich berührten, wie arglos sie spielten und an meiner Schürze zupften, wie wenn Fischchen anbeißen... und ich war ungemein glücklich, mein Mann hörte auf, Holz zu hacken, er sah uns zu und lächelte, denn er wußte, es waren die Kätzchen, die uns Etan selig geschickt hatte, und sie würden, sobald Schnee fiel und der Winter einsetzte, von selbst zu uns kommen, zuerst in den Vorraum und dann in die Küche...

Damals besuchte mich Vladimír in der Altstoff-Sammelstelle, siegesgewiß, wie er es vor Jahren gewesen war. Ich wunderte mich, wie sehr seine neue Frau ihn verändert hatte, wie gut ihm diese neue Ehe bekam. Aber Vladimír sagte zu mir... junge Frau, Sie haben doch die Kanone gesehen, die auf den Tschechoslowakischen Schriftstellerverband gerichtet war? Zunächst hatte ich geglaubt, die Russen seien nur gekommen, weil sie erfahren hatten, daß ich an diesem Tag heiraten würde und sie mir diese Hochzeit vereiteln wollten, daß all diese Panzer nur wegen Vladimírek gekommen sind, aber weit gefehlt! Sie sind wegen der verwilderten Intellektuellen gekommen! Was habe ich denen alles geschrieben, wie viele Petitionen verfaßt, ich habe ihnen meine Manifeste geschickt, aber man hat sich in der Literaturzeitung nur über mich lustig gemacht und hat meinen Explosionalismus, meine Graphiken zurückgewiesen! Jetzt haben sie die Bescherung, jetzt sitzen sie alle wie die Mäuse in der Falle. Gott sei Dank! Und wo ist Ihr Doktor? Man sagt, Sie verstecken ihn dort in Kersko, er habe dort seinen Unterschlupf, er habe Angst, ins Tageslicht herauszukriechen, stimmt's? Ich bin froh, daß ich das noch erlebt habe, daß es jetzt ein Ende hat mit dieser intellektuellen Überheblichkeit! Sie kamen wie gerufen, sind wie meine Explosion über die Literaturzeitung hergefallen! Richten Sie dem Herrn Doktor aus, daß seine Knospen gedruckt werden, richten Sie ihm aber auch aus... was wird wohl mit diesen Büchern geschehen, wenn sie erst mal gedruckt sind? Genau das gleiche wie mit seinen Hausaufgaben, die zwar noch gedruckt und gebunden wurden, doch nie und nimmer ausgeliefert werden. Ich weiß das! Mir tun diese fünfunddreißigtausend Exemplare der Knospen nicht leid, ich werde es sogar genießen, wenn man sie hierher ins Altpapier bringen wird, fünfunddreißigtausend mal sieben meiner Illustrationen, das macht zweihundertfünfundvierzigtausend graphische Blätter, und das alles wird eingestampft, ist das nicht herrlich? Wissen Sie, junge Frau, das wird der schönste Tag meines Lebens sein, wenn wir diese zweihundertfünfundvierzigtausend Vladimíreks hier verladen werden, das wird meine größte Genugtuung dafür sein, daß man mich nicht nur mißverstanden, sondern zur Seite geschoben hat! Dieser ganze Verband tschechoslowakischer Schriftsteller, dieser ganze Chor verwilderter Intellektueller, die die Literaturzeitung gedruckt haben, jede Woche vierhunderttausend, und in keiner jemals ein Sterbenswörtchen über Vladimír Boudník... was aber wird aus dem Doktor, wenn er seine Pißartikel für die Literaturzeitung nicht mehr schreiben kann, was wird aus dem Herrn Doktor, wenn man seine Büchlein nicht mehr verlegen wird? Wenn dort auf der Nationalstraße eine Kanone symbolisch gegen ihn gerichtet steht und auf die Aufschrift im ersten Stock zielt... Tschechoslowakischer Schriftsteller? Wissen Sie aber, daß ich jetzt grünes Licht habe, daß ich eine Ausstellung haben werde? Im Literaturcafé Viola! Soll der Doktor doch versuchen, etwas über meine Ausstellung zu sagen, soll er seinen Mut zusammennehmen und meine Ausstellung graphischer Blätter eröffnen! sagte Vladimír zu mir und lachte, und er war wieder die Nummer eins und der Champion...

Und in unserer Altstoff-Sammelstelle tauchten jetzt Bücher auf, Restauflagen, aus Bibliotheken aussortierte Bücher, Reste aus Buchhandlungen, die Bücher von abgeschriebenen Autoren, die nach dem Einmarsch der brüderlichen Armeen nicht mehr aus dem Ausland zurückgekehrt waren oder zur Gruppe der zu liquidierenden Schriftsteller gehörten. Mein Mann brauchte eine Bestätigung von seinem Arbeitgeber, das heißt vom Schriftstellerverband, er fürchtete sich aber, dorthin zu gehen, also schickte er mich. Als ich dieses Gebäude betrat, auf das tagelang vom Gehsteig dort Bei den Ursulinerinnen ein Kanonenrohr gerichtet war... als ich die Finsternis des ersten Stocks und dann einen Raum betrat, saß dort eine alte Frau mit wirrem Haar, es war elf Uhr vormittags, sie war gerade dabei, sich zu kämmen, und als ich eintrat, nahm sie ihre Zahnbürste und stellte sie in ein Senfglas, die Zahnbürste klapperte in ihren Fingern, und die Alte führte mich zur Toilette und zeigte mir eine abgerissene Kette und war enttäuscht, daß ich nicht vom Installateur-Notdienst kam, sondern eine Berufsbestätigung meines Mannes wollte, und sie sagte, sie habe früher hier gewohnt, und seit die Schriftsteller hätten ausziehen müssen, gehöre dieses Zimmer wieder ihr. Und dann ging ich durch eine offenstehende Tür, dahinter saß eine junge Frau, und als ich ihr sagte, was ich wollte, rief sie in eine Tür hinein... Können wir Bohumil Hrabal eine Berufsbescheinigung geben? Und aus dem Büro dort ertönte eine Männerstimme... Auf gar keinen Fall, Hrabal gehört doch zu den zu liquidierenden Schriftstellern. Ich ließ mich nicht beirren... Dann geben Sie mir eine Bestätigung, daß er liquidiert wird! Und die junge Frau nahm wieder die Zigarette aus dem Mund und rief ins Büro hinein... Können wir dem Laureat eine Bescheinigung ausstellen, daß er liquidiert wird? Und zwischen den Türflügeln erschien ein älterer Mann in einem esterházykarierten Anzug und sagte, ich solle zum Liquidationsfonds gehen, dort im obersten Stockwerk des Verlags Arbeit am Wenzelsplatz, ich solle nachfragen, dort sitze ein Beamter, der in seiner Freizeit Uhren repariere und außerdem die Bescheinigung für die zu liquidierenden Schriftsteller ausstelle... und er fügte hinzu... damit das klar ist, jetzt sind wir es, die in Saabs herumfahren... da sagte ich... leben Sie wohl, leben Sie wohl, leben Sie wohl hier... Und ich trat auf die Straße und überquerte den Gehsteig, Bei den Ursulinerinnen stand längst keine Kanone mehr, für mich und für meinen Mann war sie aber noch immer da... Und schließlich fand ich diese Hausnummer am Wenzelsplatz und fuhr mit dem Aufzug hinauf bis in das oberste Stockwerk, dort tappte ich herum, bis ich schließlich das Mansardenzimmer fand, tatsächlich saß dort, ich erschrak geradezu, ein Mann hinter einem Tisch, vor dem Auge eine Uhrmacherlupe, ich erklärte ihm, weshalb ich gekommen sei und wer mich hierher geschickt habe, und dieser Mann zog unbeirrt mit einem winzigen Schraubenzieher die winzigen Schräubchen einer Taschenuhr nach und sagte... Ach woher, für eine Legitimation braucht Bohumil eine

Bescheinigung von seinem Arbeitgeber... nur werden für die zu liquidierenden Schriftsteller solche Bescheinigungen jetzt nicht mehr ausgestellt... ein zu liquidierender Schriftsteller, das ist heutzutage kein Beruf mehr...

Ich hatte mir in unserem Betrieb von einem alten Elektriker den Staubsauger reparieren lassen, und mein Mann kam ihn mit dem Kombi abholen... Genau an diesem Tag stellte ich die Quittung für Josef Škvoreckýs »Löwenjungen« aus, fast ein ganzer Waggon war mit diesen Büchern geliefert worden, er fuhr in die Papierfabrik Štětí, und in dem Augenblick, als mein Mann eintraf, um den Staubsauger abzuholen, brachte man an die hundert dünne Büchlein, sie hießen »Glück« und waren von einem gewissen Stránský geschrieben worden... Ich sagte, hör mal, wer ist dieser Stránský? Und was ist das, sein »Glück«? Und mein Kleinod strahlte... Jej, da hat mich der Herrgott persönlich hergeschickt, jej, gerade gestern bin ich bei ihm gewesen, er arbeitet in einer Tankstelle in Kardinenthal, sieh mal einer an, das sind mir ja wundersame Begegnungen! Ich hab nämlich gestern noch zu ihm gesagt, leih mir dein »Glück« aus, ich möcht es mit den Büchern von Herrn Pecka vergleichen, der hat doch auch im Lager gesessen... Und Stránský tankte mein Auto voll und sagte... Ja, Kamerad, ich hab nur noch ein einziges »Glück«, und das hab ich irgend jemandem in der Slowakei ausgeliehen, und meins ist schon ganz zerfleddert... Und da mein Mann mit dem Auto gekommen war, nahmen wir den Staubsauger aus der großen Tasche und füllten sie mit

»Glück«, alle hundert Bücher hatten darin Platz... und wir fuhren nach Kardinenthal...und mein Kleinod strahlte wieder einmal... Schau, dieser Stránský ist von adliger Geburt, aus einer Familie mit einem Schloß! Wenn er ein bißchen hübscher wäre, sähe er aus wie ich! Und dieses »Glück« da... schildert seinen Aufenthalt in einem unserer Lager für. Kriminelle... er hat darüber geschrieben und ist eine Nummer eins, ein Champion, er flennt nicht, sondern ist tapfer, genau wie Jiří Mucha in seiner »Kalten Sonne« ... auch er im Knast... aber aufgepaßt! Ein Prachtkerl! ... Und dann sah ich diesen Stránský dort bei der Benzinpumpe und bedauerte es wieder einmal, daß mein Kleinod sich nicht ordentlich zu kleiden wußte, dieser Stránský stand dort und zapfte Benzin, er trug einen schwarzen Vollbart und hatte die Manieren eines Grafen, wenn er die Tasche mit dem Zaster hervorzog, und ich sagte mir, in Zukunft würde ich nur noch bei ihm hier tanken... Und schon winkten sich diese beiden zu liquidierenden Schriftsteller freundschaftlich zu... und schon stand mein Mann neben Stránský, und der Vergleich der beiden war ein Graus, mein Kleinod sah tatsächlich seit der Zeit, da wir in Kersko wohnten, wie ein Bauerntrampel aus... und dieser Stránský kam zum Seitenfenster, ich reichte ihm die Hand, mein Kleinod gab allen Frauen immer zuerst die Hand, Herr Stránský aber, der eine gute Kinderstube genossen hatte, wußte, daß er warten mußte, bis ich ihm die Hand hinhalten würde... und er küßte meinen Handrücken und verneigte sich... genau so hatten die Offiziere, die in unsere Villa zu Besuch kamen, mir die Hand geküßt... und mein Mann öffnete den

Kofferraum und zog die schwere Tasche hervor... und er schleifte sie hinter die Zapfsäulen, das Bedienen übernahm derweil der zweite Mann, und ich sah nur noch, wie hinter den Zapfsäulen ein grüner Kofferraumdeckel geöffnet wurde... Und dann ging's los! Herr Stránský lief von seinem Saab weg und schrie und fuchtelte mit den Händen in der Luft, er rannte um die Zapfsäulen herum, alle schauten ihn an und dachten, er sei übergeschnappt... und er lief zurück und verschwand wieder im Kofferraum seines Wagens... und dann lief er wieder zu mir und schrie mir etwas zu, vermutlich wollte er mir danken... er küßte meine Hand und machte sie ganz naß... und dann lief er unter großem Geschrei in seine Glaskabine und plumpste rücklings auf ein Kanapee... und mein Kleinod drängte sich schon wieder zum Wagen, er warf die leere Tasche auf den Rücksitz, schloß die Augen und quietschte vor Vergnügen... Wenn du das gesehen hättest! Wie ich ihm hundertmal dieses »Glück« in den Kofferraum geschüttet habe... Wahnsinn!

Vladimír kam mich während der Arbeit besuchen, er prahlte damit, daß seine Mutter ihm einen Prachtanzug gekauft habe, er drehte sich in meinem Büro wie ein Mannequin, rollte die Hosenbeine hoch, um zu zeigen, daß er neue Socken anhatte, er trug auch einen neuen Pullover, zog ihn aus und wollte sogar den Hosenschlitz aufknöpfen und die Hose herunterlassen, um zu zeigen, daß er auch neue, saubere Wäsche trug. Das war aber alles nur ein Vorwand, um sich zu beruhigen, er atmete tief durch und sagte mir dann geradeheraus, weshalb er gekommen war... Junge Frau, ich werde, wie Sie wissen, eine Ausstellung haben... Und wo wird Vladimírek seine Ausstellung haben? Im Viola, eine Serie graphischer Blätter, die neuesten Monotypen... junge Frau, wer sich unter die Kleie mengt, den fressen die Schweine auf. Ihr Herr Gemahl, der Doktor, hätte mir die Ausstellung eröffnen können, aber der Herr Doktor gehört ja jetzt - wozu? Zu den zu liquidierenden Schriftstellern. Und weshalb? Weil die verbrüderten Armeen gekommen sind, um die verwilderten Intellektuellen, die verwilderte Intelligenzija daran zu hindern, nicht nur die Literaturzeitung, sondern auch all jene Bücher zu veröffentlichen, die getragen werden – wovon? Von demselben verwilderten Geist... richten Sie Ihrem Herrn Gemahl, dem Doktor, aus, er könne sich am Dienstag meine Ausstellung anschauen kommen... sagte er und drehte sich wieder wie ein Mannequin... Und es werden Dinge geschehen, daß einem Hören und Sehen vergehen, mein Explosionalismus erobert die Welt, überall ist man darüber im Bild, meine Ausstellung in Miami hat gezeigt, daß ich zwei Jahre Vorsprung auf die Amerikaner hatte, daß ich damals weiter war als Jackson Pollock... dort weiß man es, in Frankreich ist darüber ein Artikel erschienen, nur hier weiß man nichts von mir, weil hier – wer wie ein König schaltete und waltete? Die verwilderte Literaturzeitung... Alle zu liquidierenden Schriftsteller haben sich verkrochen, jetzt ist die Bahn frei, jetzt ist die Zeit gekommen, da keiner mich überwacht, die Zeit, da keiner verhindern kann, daß ich meine Explosionen, meine Vibrationen vorführe, Dinge, die tausend Jahre alt und doch wie neugeboren sind, daß ich Altamira mit der sozialistischen Explosion verbinde, es wird eine Ausstellung im Schatten des sowjetischen Kanonenrohrs sein, das so lange auf den ersten Stock des Verlags Tschechoslowakischer Schriftsteller gerichtet war... Und Vladimírek ging wieder, die Frauen konnten eine geschlagene Stunde lang nicht arbeiten, sie drückten nur ein paarmal die Tasten ihrer Schreibmaschinen, Vladimírek hatte sie aus der Fassung gebracht, er war tatsächlich wieder ein schöner Mann, sein Haar war sorgfältig geschnitten, eine kastanienbraune Welle über der Stirn, die am Scheitel klebenden Ringellöckchen fielen in seinen Nacken, und die angeklebten Löckchen berührten leicht seine Ohren...

Vladimírek wollte allerdings ein noch größerer Weltmeister, ein noch größerer und berühmterer Champion werden, das auf das Schriftstellergebäude gerichtete Kanonenrohr, seine Hochzeit, nichts konnte Vladimír zufriedenstellen, darum waren unsere Angestellten ganz aus dem Häuschen, als Vladimír mir seine Ausstellung im Viola ankündigen kam, sie hatten den Eindruck, hätte ich auch nur das Geringste angezweifelt, hätte er mich umgebracht, vielleicht hatte er sogar auf meine Zweifel gehofft, damit er mir mit unglaublicher Leichtigkeit ein Messer in den Leib jagen oder mir ganz sanft mit einer Rasierklinge die Gurgel aufschlitzen oder mich mit einer Seidenschnur erdrosseln könnte, dazu hätte er sich vermutlich nicht einmal besonders anstrengen müssen, so viel Drohung, so viel unterdrückte Wut lag in ihm... Und als ich am Morgen zur Arbeit kam, schlug ich die

Hände überm Kopf zusammen und erzählte meinen Kolleginnen, was mein Mann mir berichtet hatte, daß Vladimír an dem Tag, als er seine Ausstellung im Viola hatte, sogar im »Prager Abendblatt« hatte drucken lassen, daß mein Mann die Ausstellung eröffnen würde… meinem Mann hatte er allerdings kein Wort davon geschrieben und ihm auch nichts ausrichten lassen, er hatte nur schüchtern gefragt, ob er sich die Ausstellung anschauen komme? … Und Vladimírs Frau hatte zur gleichen Zeit im Wirtshaus Beim Patron ein Klassentreffen… Vladimír verschenkte bei der Ausstellung seine graphischen Blätter, doch die Besucher lehnten ab, sie hätten kein Interesse… und dann wurde Vladimír von einem Intellektuellen gefragt, ob er Vítězlav Nezvals Décalques kenne? Und ob der Name Mathieu ihm etwas sage? Falls ja, sei Vladimír ein Epigone… Und Vladimír kam schon betrunken Zum Patron, wo die angeheiterten Mitschüler seiner Frau saßen, Maturanten fünf Jahre nach der Matura, dreiundzwanzigjährige Jünglinge… Einer dieser Klassenkameraden fragte Vladimírs Frau… Ist das dein Vater? Er soll sich zu uns setzen… Und Věra stellte Vladimírek unter herzlichem Lachen als ihren Mann vor… aber die Mitschüler behandelten ihn auch weiterhin wie Věras Vater, machten sich über ihn lustig, Vladimír versuchte jedoch, alle zu übertreffen, er stand da und schleuderte allen ins Gesicht, was er Phantastisches von sich selbst dachte, nämlich daß sein Explosionalismus und er selbst die Nummer eins seien, ein Kämpe von Weltformat, und die Mitschüler seiner Frau krümmten sich vor Lachen, während der totenbleiche Vladimír immer betroffener dreinschaute… Und so allein war Vladimír Beim Patron, ihm gegenüber saßen eine betrunkene Klasse fünf Jahre nach der Matura und seine Frau, die all das, was für Vladimír tödliche Wahrheit war, als Jux nahm... Und Vladimír ging allein nach Hause und drehte sich dort an seiner Türklinke einen Strang, er hatte angenommen, es würde schon irgend jemand vorbeikommen, doch es kam keiner, und Vladimír erhängte sich, er brachte sich um, weil er angenommen hatte, daß jemand kommen und ihn losbinden würde, wie die fünfzig Male davor...

Mein Mann hielt im Krematorium über Vladimírs Sarg die Grabrede, er schrie wie ein Berserker, hielt verkrampft das Blatt Papier fest, von dem er den kurzen Text ablas... mein Mann schrie wie im Wald... Vladimír! Du hast geschnalzt, und das Todesroß kam! ... So ging Vladimír, ein großer Freund meines Mannes, von dieser Welt, und die beiden hatten einander so sehr gemocht, daß sie sich gegenseitig fast umgebracht hätten...

Nach dem Begräbnis sagte mein Mann... Ja, der einzige wahrhaftige Champion und Weltmeister war Vladimír, jetzt sehe ich es, jetzt, nachdem er geschnalzt hat und das Roß kam, erst jetzt habe ich begriffen, was es heißt, die Nummer eins zu sein... Vladimír einzig und allein! Erst jetzt, da er nicht mehr unter uns ist, begreife ich, warum nicht nur das, was er gemacht hat, ich meine seine Graphiken, und nicht nur das, was er geschrieben hat, seine Manifeste und Manuskripte, warum das alles einzig und allein er war… und so soll es auch sein, über seinem Explosionalismus steht nichts, weder Philosophie noch Psychiatrie, auch die Literatur nicht, nicht einmal die Politik war stärker als das, was er als sein Absolutes, als seinen Himmel ansah… Und so soll es sein, obwohl Vladimír wußte, daß es Joyce und Beckett und Eliot, daß es Salvador Dalí und Picasso gab, lag alles unter ihm, es mußte unter ihm liegen, weil er in sich die Kraft hatte, die Nummer eins in ganz gewöhnlicher Graphik zu sein… darum sah er mich von oben herab an, darum haßte er die Literaten und sämtliche Literaturzeitschriften, weil er für sich selbst ein Gott war, die Literaten jedoch, denen er so viele Briefe, so viele Texte geschrieben hat, die eigentlich nur weitere Manifeste waren, alle diese Redakteure, denen er Dutzende von graphischen Blättern schickte, damit er Glauben fand, auch nicht einer von ihnen hatte so viel Anstand, ihm zu antworten… deshalb war er so schadenfroh, er wußte sehr gut, daß diese auf den Schriftstellerverband gerichtete Kanone eigentlich eine Rache für ihn war, daß diese Kanone sein Finger war, mit dem er, Vladimír, auf seine Feinde zeigte, denn Vladimír wollte noch intensiver und noch mehr leben…

Als in Kersko die Regenperiode anbrach, kehrte mit diesem Wetter das Glück zu uns zurück. Die durchnäßten Kätzchen ließen sich mittlerweile nicht nur streicheln, wenn sie Milch leckten, sondern sogar auf den Arm nehmen. Und ich, die keine Kinder hatte, rieb ein Kätzchen nach dem anderen trocken, die Tierchen kuschelten sich an mich, und der Gipfel des Glücks war, wenn sie alle drei auf meinem Schoß saßen, schnurrten, mit ihren Köpfchen gegen meine Handflächen stupsten, und mein Mann über uns stand und lächelte, für Augenblicke vergaß er in der Gegenwart dieser Kätzchen seine Angst, es war wie ein Altarbild, die Heilige Familie, und als das kühle Wetter die Kätzchen dann zwang, eines nach dem anderen in die Küche zu kommen, als sie sich beim Ofen wärmten und ich ihnen die Tellerchen vom Schuppen in die Küche holte, da gehörten die Kätzchen uns ganz. Als erster kam immer das getigerte Katerchen, das nach Etan benannt war, das zweite war Cassius, ein schwarzes Katerchen, als drittes folgte das Kätzchen Mánička, das etwas zurückgeblieben war und von den dreien sich am meisten fürchtete. Alles, was diese Kätzchen taten, wurde von Etan bestimmt, die anderen warteten immer nur, was dieser Etan tun würde. Und wenn wir das Licht löschten, und draußen der Regen rauschte, wagte sich Etan als erster aufs Bett und legte sich gemächlich neben den Kopf meines Mannes, hinter ihm sprang Cassius aufs Bett und zuletzt dann Mánička, sie schlief am Fußende wie ein mährischer Dichter, den wir früher besucht hatten und der jedesmal voller Stolz erzählte, daß er aus der Familie eines Schmieds stamme und das jüngste Kind gewesen sei, seine sechs Geschwister hätten in einem großen Bett geschlafen und er, weil er so winzig war, am Fußende wie unsere Mánička. Dieser Anführer hatte die gleichen Augen wie unser Etan selig, und er schaute auch als einziger mir und meinem Mann so in die Augen, daß wir unseren Blick senken mußten. Wenn wir also aus Prag zurückkehrten, wenn unsere Kätzchen schon nicht mehr gehofft hatten, uns zu sehen, wenn wir mit dem Auto in unsere Allee einbogen, kam uns als erster Etan begrüßen und dann erst die anderen, Etan betrat als erster die Küche, als erster wagte er es, einem von uns auf die Knie zu springen und sich in dessen Arme zu schmiegen. Und als erster leckte er seine Milch und fraß, und er hielt immer mittendrin inne, drehte das Köpfchen und schaute uns an, als wollte er uns nicht nur danken, sondern mit dem treuherzigen Blick auch belohnen. Jedes dieser Kätzchen hatte seinen Platz, neben meinem Mann saß Etan, neben mir Máňička, und Cassius hatte seinen Stuhl am Ofen... Und abends, wenn mein Mann in die Kneipe ging, er mußte ja Abend für Abend in die Kneipe gehen und kam erst zurück, wenn ich schon schlief, las ich Zeitschriften, spülte Geschirr, räumte auf, und was immer ich auch tat, die Kätzchen machten alles mit... Diese Kätzchen konnten irgendwie nicht spielen, nie hatten sie Zeit dazu, nur wenn ich kleine Papiertauben an einer Schnur befestigte und daran zog, dann spielten sie, aber nur für eine kurze Weile und eigentlich nur, um mir eine Freude zu bereiten, denn schließlich spielte ich und nicht die Kätzchen, sie waren nämlich traurig, sie lebten in beständiger Angst, wir könnten sie hier zurücklassen, sie könnten allein bleiben...

Mein Mann schichtete hinterm Ofen Ziegelsteine und legte ein Brett darüber, er baute eine Art Regal an der warmen Wand, und die beiden Kater und Máňička hatten jeder sein Brett, diese Kätzchen rauften sich nie, das erste Brett wählte Etánek für sich aus, das zweite Cassius und das letzte blieb für Mánička, die einen Charakter hatte wie Chaplin, sie amüsierte nicht nur ihre Brüder, sondern auch mich und manchmal sich selbst, sie war winzig und rührend wie Chaplin in seinen Filmen. In derselben Reihenfolge wuschen sich die Katzen auch, zunächst jede sich selbst und dann eine die andere, sorgfältig mit dem Zünglein und mit geschlossenen Augenlidern, dieses gegenseitige Sichputzen war ein wunderschönes Katzenritual, stundenlang hätte ich zuschauen können, wie diese Kätzchen einander herzten und mit den Zünglein unterm Hals leckten... Wenn mein Mann aus der Kneipe kam, fast immer zusammen mit dem Herrn Franc, grölten die beiden und johlten auf ihren Fahrrädern, daß man schon von weitem hörte, ob sie aus der Hájenka oder aus Hradišt'ko oder Semice kamen, und dann standen sie noch vor dem Gartentor und schrien etwas von Feuchtigkeit und Wasser, sie zankten sich um die Nummer der Alleen, sie stritten sich, wie Betrunkene sich eben streiten... Und wenn mein Mann dann hereinkam, warteten unsere drei Kätzchen irgendwo im Freien auf ihn, ich schlief wie in Libeň, ohne abzusperren, und wäre nie auf die Idee gekommen, jemand könnte etwas stehlen oder uns gar überfallen... also kam mein Mann herein, er torkelte ein Weilchen... Mädchen, schläfst du? Der Herr Franc läßt dich grüßen, der Herr Wirt läßt dich grüßen, Franta Vorel läßt dich grüßen, sogar der Herr Hamáček läßt dich grüßen... und wenn er sich dann hingelegt hatte, sprang erst Etan behutsam zu ihm hoch, und dann rollten sich auch die anderen beiden Kätzchen dort ein, es war schon nach Mitternacht, und wenn eines der Tierchen ins Freie wollte, stand mein Mann auf, schwankte zum Fenster, öffnete es und ließ die Katzen hinaus und später wieder herein, ohne ein Wort zu sagen, er schimpfte nicht einmal, denn diese Kätzchen waren, wie er sagte, unsere Kinder, und Kinder sind heilig, solange sie klein sind... selbst wenn sie einen Scheißdreck wert sind, sagte mein Mann, Laureat des Staatspreises.

Und wieder einmal wurde mein Mann vor den Volksausschuß in Libeň zitiert, wieder hatte ihn dieser junge Mann vorgeladen, der sich stets daran ergötzte, wie er meinen Mann wieder einmal bohrend fragen würde, was für einen Beruf er denn in den neuen Personalausweis eintragen solle. Und mein Mann wollte lieber wieder Altpapier packen gehen, denn der Beruf eines zu liquidierenden Schriftstellers war kein Beruf, was dieser junge Mann im Volksausschuß ihm auch bestätigte. Also kehrte mein Mann wieder nach Kersko zurück, eines Abends, wir hatten gerade Gäste, entdeckte mein Mann plötzlich einen Jeep draußen, einen Militärwagen mit Plane, auf der Stelle packte er eine Unterhose ein und dann noch eine zweite, ich aber schrie ihn an... Das hat gerade noch gefehlt, du Ochs, du Laureat, wenn sie dich verhaften, ziehen sie dir alles aus und geben dir ihren eigenen Dreß! Und dann wollte er aus dem Fenster klettern und davonlaufen, aber das Auto stand schon vor dem Gartentor, also flüchtete mein Mann über den Dachboden und die Hintertreppe in den Wald und weiter über den Gartenzaun bis zum Bach, wo er sich im dichten Geäst einer Trauerweide versteckte... und dann lief auch ich zum Bach und rief meinem Laureat zu, sein Freund aus Ostrau sei gekommen, und es war kein anderer als der Redakteur der Monatsschrift »Rote Blüten«, der nach Prag gezogen war und eine Stelle als Kranfahrer gefunden hatte und nur vorbeigekommen war, um meinem Mann zu sagen, daß er noch am Leben sei, es stimme zwar, daß man ihn mit einem Strick gefesselt und in einen Sack gesteckt und an einen unbekannten Ort verfrachtet habe, nach drei Tagen habe man ihn aber wieder freigelassen, am schlimmsten sei es in diesem Sack gewesen, die Besatzung des Jeeps sei in eine Kneipe eingekehrt und habe dort fünf Stunden lang gezecht, während er, der Redakteur mit Namen Kubíček, gefesselt in diesem finsteren Sack gelegen habe, er sei aber auf Erden, sagte er laut lachend, während mein Mann immer bleicher wurde, er schaute durchs Fenster auf diesen Jeep, so daß der Redakteur Kubíček abermals lachte und sagte... Die haben mich doch nicht in diesem Jeep transportiert, das ist meiner, den hab ich schon seit fünf Jahren, ein alter Klepper, fünfzig die Stunde, aber wir fahren darin mit der Familie ins Wochenende, na schön, ich geh jetzt wieder, ich bin nur gekommen, Bohumil, um dich zu beruhigen, ich bin noch auf der Welt, nur in diesem Sack, Bohumil, war es nicht gerade gemütlich, und so bin ich gern vorbeigekommen, um dir das zu sagen... und viel Glück beim Schreiben, du weißt, ich bin nicht so mutig wie du, aber was soll's? Ich kann nun mal meinen Charakter nicht ändern... Und er gab meinem Mann seine riesige Pranke und war ein toller Typ, er hatte einen honigfarbenen Schnauz und ein breites Honiglächeln, und dieses Lächeln begleitete ihn noch, als er sich entfernte, so ein Dorfbursche war er, er wackelte ein wenig beim Gehen, dann startete er seinen Jeep und fuhr davon, er bog ab, und mein Mann war starr vor Schreck, ob auch nur ja keiner gesehen habe, daß ein Jeep bei uns vorgefahren war... er sagte... er hätte auch tiefer in die Allee hineinfahren können, damit man ihn nicht von der Straße aus sieht, man weiß ja nie, hier fährt immer wieder die Polizei vorbei... und ich sagte zu meinem Laureat... scheiß dir bloß nicht die Hosen voll, Pepíček...

Ich rief den Volksausschuß in Libeň an, und der junge Beamte, der meinen Mann auf dem Kieker hatte, war nicht da, er hatte gerade Urlaub, ich bedankte mich und schickte meinen Mann am nächsten Tag hin, er solle zwei Bücher mitnehmen, denn dort sitze zur Zeit eine Frau... Also kam mich mein Kleinod noch am Vormittag bei der Arbeit besuchen, er schwenkte seinen neuen Personalausweis, lachte und freute sich, und wie immer tropfte ihm vor lauter Freude die Nase, er streifte sich mit dem Handrücken vor den Angestellten den Rotz ab und prahlte... Wir haben keine Taschentücher! Ich errötete und entschuldigte meinen Mann, daß dieses Landleben ihn dermaßen verroht habe, aber Boženka, jene, die ständig mit mir stritt, ob es gut sei oder nicht, daß diese Armeen gekommen waren, diese Boženka schrie immer und sagte, es ist gut, ich wiederum schrie, es ist nicht gut, und dann brüllte Boženka mich an... dann fahren Sie doch mit Ihrem Herrn Doktor in Ihr Deutschland... diese Boženka also sagte jetzt... Ach woher, ich kenne den Herrn Doktor, wie der noch hier gearbeitet hat, der hatte nie ein Taschentuch und schmierte sich den Rotz immer in den Ärmel! Und mein Mann spielte diese Bemerkung ins Aus und sagte… Ganz richtig, und dann verbeugte er sich nach russischer Sitte bis zum Gürtel… Und auf einmal war er kein zu liquidierender Schriftsteller mehr, auf einmal war er, wenigstens für einen Augenblick, wieder die Nummer eins, der Champion, der Weltmeister… Er sagte… Ich bin also in diesen Volksausschuß gekommen, die Beamtin fragte mich, was ich wünsche, ich sagte, ich hätte meinen neuen Personalausweis abzuholen, mein Name sei Bohumil Hrabal… Was… sie wollte ihren Augen nicht trauen, Hrabal, das freut mich aber, Sie zu sehen… Und sie drehte sich um, suchte meine Unterlagen, zog den Personalausweis hervor und fragte… und was fehlt denn da noch? Ich sagte… ach, ein Detail, der Beruf… Und die Beamtin setzte sich hin, schrieb und sagte… Ach du mein Gott, das weiß doch jeder anständige Mensch… Schriftsteller! Und was für einer, ich habe alle Ihre Bücher gelesen und am liebsten lese ich immer wieder… »Das Privatgewitter«… Und sie überreichte mir den Personalausweis…

Der erste, der nicht mehr zurückkehrte, war der Kater Etan, jener, der aussah wie unser berühmter Kater von Libeň, der sich so sehr vor Kersko gefürchtet hatte und damals, als mein Mann seine Ernennung zum Laureat des Klement Gottwald Staatspreises gefeiert hatte, in der Früh verschwunden und nie mehr wiedergekommen war… Cassius und Mánička liefen in die Nacht hinaus, stießen ihre miauenden Laute aus und lauschten, sie suchten Etan im Schuppen, sie suchten ihn im Wald, doch ihr Anführer kam nie mehr nach Hause zurück, und die Kätzchen waren traurig. Und später kehrte Cassius nicht mehr wieder, erst nach drei Tagen entdeckte ihn mein Mann, erdrosselt im Schuppen des Nachbarn, wo er wie gewohnt zwischen den Latten der Schuppenwand hindurch aufs Holz gesprungen war, aber nicht bemerkt hatte, daß der Nachbar eine weitere Latte angebracht hatte, und er hatte so lange dort aufgespießt gehangen, bis er gestorben war. Mein Mann hob unter einer Föhre ein Grab für ihn aus, warf eine Zyklamenblüte hinein, schüttete es zu und legte ein Holzscheit darüber.

Im Frühjahr spazierten Polizisten in Felduniform durch die Grundstücke von Kersko, sie kontrollierten Türschlösser und Fensterläden und fragten wie jedes Jahr, ob nicht bei jemandem eingebrochen oder übernachtet worden sei... Mein Mann saß daheim und schaute durch die zarten Zweige auf den Weg zur Allee, als dort drei Männer in Felduniform auftauchten. Schon bevor sie die Haustür erreicht hatten, war mein Mann dem Tode nahe, er glaubte, die Polizisten seien gekommen, um ihn abzuholen, so wie sie Kubíček, den Redakteur der »Roten Blüte«, abgeführt hatten, daß sie ihn in einen Sack stecken und abtransportieren würden, daß sie ihn wie ein Spanferkel in einem Sack herumfahren und erst am folgenden Tag wieder freilassen würden... Doch sie kamen nur, um nachzufragen, ob uns nicht etwas abhanden gekommen sei, ob nicht jemand versucht habe einzubrechen. Mein Mann war so froh, daß die Polizisten nicht seinetwegen gekommen waren, daß er sie bewirtete, er bot ihnen Wein an, bot ihnen Wodka an, er kochte ihnen Kaffee, die Polizisten fragten ihn, woran er gerade arbeite, und mein Mann hielt ihnen einen Vortrag, das Wichtigste beim Schreiben sei eigentlich das Schreiben von Dummheiten, und wenn er keine Dummheiten schriebe, besäße er weder dieses Häuschen mit dem Atelier noch ein Auto, irgendwie offenbarte er sich diesen jungen Leuten in ihren gesprenkelten Feldmänteln, Hosen und Mützen, er machte ihnen nochmals Kaffee und goß ihnen Schnäpschen ein, bis die Polizisten erschraken, als sie auf die Uhr schauten, und ihn dann nochmals fragten, wie es denn so aussehe in den Nachbarhäuschen, mein Mann versicherte ihnen, daß seit der Zeit, da er zusammen mit mir hier wohne, den ganzen Winter über nichts vorgefallen sei, diese Häuschen seien nämlich durch einen schmalen Weg untereinander verbunden, durch kleine Tore in den Gartenzäunen, so daß man auf diesem Weg durch sechs verschiedene Grundstücke gehen könne, von dem einen in das nächste, damit die Häuschenbesitzer, wenn sie sich samstags und sonntags oder während der Ferien gegenseitig besuchten, nicht auf der Straße zu gehen brauchten, wo immer mehr Autos fuhren... Das hätte er jedoch nicht sagen sollen, denn der Chef dieser Polizisten zog seine Landkarte hervor und sagte, er müsse diesen Weg einzeichnen, der sei ja gar nicht registriert, auf diesem Weg könnten sich gegebenenfalls irgendwelche Diversanten treffen, er wolle diesen Weg inspizieren und ihn in seine Karte des Waldes von Kersko einzeichnen, damit man bei der Polizei wisse, falls etwas passiere, falls Gefangene flüchtig seien oder Soldaten desertieren sollten, daß die Grundstücke untereinander durch einen direkten Fluchtweg verbunden sind, der die Möglichkeiten verringerte, einen Verbrecher zu verfolgen, zu fassen und dingfest zu machen... Sie verabschiedeten sich und gingen los, um sich diesen Verbindungsweg anzuschauen, und dann fiel am Ende des Weges ein Schuß, und als die Polizisten zurückkehrten, drehte sich der Chef am Gartentor um und sagte... Alles in Ordnung, ich hab nur eine verwilderte Katze erwischt... Er zog einen Revolver aus der Tasche, und mein Mann sagte, das müsse ein Meisterschuß gewesen sein, denn mit einem Dienstrevolver, mit einer Dienstpistole auf Anhieb eine Katze zu treffen, da sehe man schon, daß der Chef ein Champion, ein Meister, eine Nummer eins im Schießen sei... Und als sie gegangen waren, als diese drei Männer in ihren gesprenkelten Uniformen im Wald verschwunden waren, fand mein Mann dort auf dem schmalen Weg, der die Grundstücke durch Hintertürchen miteinander verband, unsere Mánička, und am Nachmittag begrub er auch sie...

Wie mein Mann es mir versprochen hatte, nahm er mich mit in die nette Gesellschaft zu den Hamáčeks, wohin wir zum Schlachtfest gingen... Diesmal aber fuhren wir auf Fahrrädern dorthin, um das Geselchte zu kosten... War das ein Freudengeschrei, es war an einem Samstag, und der Herr Hamáček und mein Laureat gingen immer wieder nachschauen, ob das Fleisch schon geselcht sei… Und wir Frauen unterhielten uns, Věra, die Tochter des Herrn Hamáček, hob jedesmal, wenn sie vom Zimmer in die Küche ging, die Hand, um ein Schnitzel aus der Schüssel oben auf dem Geschirrschrank zu nehmen und es mit großem Appetit zu verzehren, und dann gingen wir nachsehen, was unsere Männer machten, und jedesmal steckten wir die Hand in die Schüssel oben auf dem Schrank… und dann kam der Herr Hamáček, und mein Kleinod war schon fettig und hatte ein speckiges Gesicht, der Herr Hamáček schüttete die erste große Schüssel mit lieblich dampfenden Selchfleischstückchen aufs Nudelbrett… und wie ein Hausherr lud der Herr Hamáček uns ein zu kosten… Die Frau Hamáčková aber hatte eine kaputte Galle, sie durfte Geselchtes nicht einmal sehen, also hielt sie sich das Geschirrtuch vors Gesicht, wandte sich ab und trank weiter ihren Tee und knabberte ihre Biskuits… und neben dem Nudelbrett standen ein Teller mit Apfelmeerrettich und ein Töpfchen mit Senf… und es kamen die Enkel des Herrn Hamáček und sein Schwiegersohn, und alle aßen appetitlich, nahmen nur kleine Bissen und viel Brot dazu, nur mein Laureat wollte wieder mal ein Champion sein… er lachte und schlang diese Selchfleischstückchen nur so herunter, ohne Brot, und er rief begeistert zur Decke hoch… Etwas Schöneres hab ich im Leben nie gesehen! Jejejejejej! Dieses mit Speck umwickelte Schulterstück… Und das, das ist mir ein Festessen, geselchtes Bauchfleisch… Und der Herr Hamáček sagte… Und wie wär's mit einem kleinen Stück vom Hals hier und mit einem Filet…?

Gegen Morgen ging mein Mann immer wieder zur Toilette, und schließlich fand ich ihn dort am Boden liegend, zusammengekrümmt lag er da, die Hände in die Seiten gestemmt stöhnte er, und wie der Herr Marysko schob er es auf die Rasse ... Was hast du? schrie ich. Und zusammengekrümmt wie ein Klappmesser zischte er ... Wir schrecklichen Slawen leiden an Freßsucht ... Ich Schwachkopf, ich Idiot, ich Tolpatsch ... Und er versuchte zu erbrechen, er versuchte, sich auf die Kloschüssel zu setzen, aber er wankte, schrie vor Schmerzen und kroch auf allen vieren ins Bett zurück und lag dann da, er schimpfte auch auf sich, er schimpfte auf den Herrn Hamáček, daß dieser ihm nicht so viel Geselchtes aufs Nudelbrett hätte kippen dürfen ... Und ich schrie meinen Mann an, er sei ein Vieh, er hätte nicht so viel zu fressen brauchen ... Und gegen Mittag lag mein Weltmeister noch immer da und bat den Herrgott, er möge ihn zu sich nehmen, und ich lachte ihn aus und schimpfte, das sei eben die Strafe für seine Gefräßigkeit ... Und am Mittag wurde er langsam gelb ... hier in Kersko hat der Dozent Doktor Štork sein Häuschen, ich fuhr auf dem Fahrrad hin, der Herr Dozent kam, schob das Augenlid meines Mannes hoch und sagte ... Gelbsucht, morgen kommt er zu uns in die Klinik, heute ist Sonntag, da läßt sich nichts machen ...

In der Klinik am Karlsplatz wußten die Ärzte sich keinen Rat mit meinem Mann. Den ganzen Vormittag gelang es ihnen nicht festzustellen, ob in seiner Leber ein riesiger Stein lag, der die Galle in den ganzen Körper hatte ausfließen lassen, oder ob es sich um eine infektöse Gelbsucht handelte. So saß mein Mann immer noch in den Kleidern da, wortlos, verdutzt, überrascht, überrumpelt. Er lächelte, aber sein Lächeln kam aus einer anderen Welt, allmählich wurde ihm bewußt, daß die Tatsache, in welchem Zustand er hier in der Klinik saß, die Bilanz all seiner Schlachtfeste und geselchten Haxen, all seiner Saufgelage war, schon in der Kindheit, wie seine Mutter gesagt hatte, schon als kleiner Bub hatte er gern getrunken, er trank alles, was ihm unter die Finger kam, er schüttete die Reste zusammen, die die Gäste zurückgelassen hatten, und bevor die Mutter von der Tür zurückkam, wohin sie die Gäste begleitete, hatte ihr Söhnchen sein Täßchen auch schon aus der Flasche nachgefüllt und es heimlich und vor allem gerne geleert... In diesen fünf Stunden ließ er alle seine Hochzeiten im Hause rückwärts abspulen, er zählte und berechnete die gigantischen Schwimmbecken voll Bier, die er ausgetrunken hatte und stellte diesen Güterzug Schweinefleisch zusammen, den er während dieser Zeit gegessen hatte, und all diese Zisternen voll Schnaps, so daß er sich zu guter Letzt nicht mehr wunderte, daß er hier in der Karlsklinik saß, die Bilanz lautete zu seinen Ungunsten, eigentlich hätte er schon längst tot sein sollen, längst schon an Zirrhose, an einem Magengeschwür, an Herzversagen krepieren müssen... und als die Krankenschwester den Patienten das Mittagessen austeilte, bekam mein Mann einen Teller mit Kartoffelpüree, er saß im Flur wie ein wandernder Müllersbursch, wie ein Bettler in alten Zeiten, und aß dieses Kartoffelpüree mit Hochgenuß... und er hob seinen Blick zu mir hoch, das kannte ich, diese schuldbewußten, treuherzigen Augen, wenn es ihm morgens übel war, wenn er würgte und dieses Fischschwänzchen, wie er sagte, nicht hinauswürgen konnte... Ich stand über ihm und konnte das Lachen nicht verkneifen, das Lächeln einer Ehefrau, deren Worte sich endlich erfüllt hatten, was hatte ich all die Jahre, die wir zusammen waren, nicht gebeten, geschrien, gewütet... hör auf zu trinken, du wirst krank davon! Sauf nicht so viel, nimm dich zusammen! Geh dich zum Doktor Skála kurieren, ich will nicht Witwe werden, und wenn, dann krepier rechtzeitig, damit ich nochmals heiraten kann, stirb an diesem Saufen, solange noch Zeit ist... Kilometerlange Bänder könnte man aus meinen Reden zusammenschneiden, Kilometer von Schreien, denn ich schrie meinen Mann fast täglich an, endlose Litaneien, alle in den Wind gesprochen... Und ein noch längeres Band, ein doppelt so langes Band wie das, auf dem ich meinen Mann wegen seines Saufens und dieser Hochzeiten im Hause angeschrien hatte, schrie ich in mich hinein, auch bei der Arbeit redete ich weiter, führte ich meinen inneren Monolog fort, wie mein Laureat das nannte, manchmal rechnete ich stundenlang Tonnen von Papier zusammen, in meinem Innern aber führte ich ein langes Gespräch mit meinem Mann und mir selbst, wie oft sagte ich mir, ich verlasse diesen Säufer, doch dann dachte ich immer an seine Mutter, die mit ihm die gleichen Qualen durchgestanden hatte, denn wenn sich jemand jenseits der Elbe erbrochen hatte, wenn jemand nachts herumschrie, kamen die Nachbarn immer zur Mutter gelaufen, um sich über ihren Sohn zu beschweren, ja sie beschwerten sich noch Jahre später, als er schon aus dem Städtchen nach Libeň gezogen war, aus diesem Städtchen, in dem, wie er gern sagte, die Zeit stehengeblieben war, um sich hier, Am Damm zur Ewigkeit niederzulassen... Und jetzt saß er hier auf einem Stuhl, gelb und starr vor Schreck, daß er vielleicht in die Quarantäneabteilung mußte, in der er sechs Wochen von der Welt, von Besuchen abgeschnitten wäre... dann kam aber ein junger Arzt, er befahl meinem Mann, wohl schon zum zehnten Mal, sich auf den Rücken zu legen, dieser junge Arzt ließ seine Finger auf dem Bauch meines Mannes federn und drückte sie dann ins Fleisch wie in einen Teig hinein... und er jubelte... Ein Stein wie eine stachelige Kastanie, wie eine reife Nuß! rief er, und es kamen der Herr Dozent und die diensthabende Ärztin, und dieser junge Arzt betastete vor ihnen weiter, was er noch immer zwischen den Fingern festhielt, und auch die anderen befühlten es... und der Herr Dozent Štork rief... Hurra, es ist ein Gallenstein, eine Nummer eins! Groß wie ein Schlüsselbund... Und der junge Arzt kam durch den Flur, und der Herr Doktor Štork sagte zu mir... Gehen Sie nach Hause, er wird drei Wochen hier bleiben, bis er wieder ein bißchen Farbe verliert... Schwester! Geben Sie ihm ein Spitalhemd und einen Bademantel, auf zweihundertvier gibt's ein freies Bett, dort ist uns gestern ein Patient gestorben... auch an der Leber.

Und dann ging ich allein weg, ich wußte nicht, was ich tun sollte und vergoß Tränen, nicht über meinen Laureat, sondern über mich selbst, darüber, daß ich allein zurückbleiben würde... wahrscheinlich stimmt es, daß es besser ist, einen besoffenen Ehemann zu haben als gar keinen, besser, ein Kind, das einen ärgert, als kinderlos zu sein... so bemitleidete ich mich, als ich durch die Innenhöfe dieser Klinik ging. Und als ich auf den Flur trat, stand dort, wo die große Uhr hängt, ein schiefes Wägelchen, eine Art Karre, und darauf lag unter einem gespannten Wachstuch mit Sicherheit ein toter Mensch, keiner kam, da, ich wußte nicht, wie mir geschah, tastete ich die Stelle ab, wo der Kopf sein mußte, und tatsächlich, da war ein kalter Menschenkopf, und wie der Herr Marysko, der mir erzählt hatte, daß er, als sein Vater im Sarg lag, ohne zu wissen warum, mit einem Fingergelenk an dessen Kopf geklopft hatte, klopfte auch ich, ohne zu wissen warum, an diesen menschlichen Kopf, über den sich das Wachstuch spannte, die Uhr über der schiefen Karre zeigte halb fünf, und von oben fiel Neonlicht ein... und ich wußte auf einmal, hier lag der, der in dem Bett gestorben war, in das sich in Kürze mein Mann legen würde...

Danach ging ich täglich in die Klinik am Karlsplatz, ich zog immer mein hübschestes Kleid an, wie mein Mann es liebte, immer diese roten Schühchen mit den hohen Absätzen, immer ein Schirmchen, mal rot, mal blau, ich kaufte mir noch einen grünen dazu und ging zu meinem Laureat ins Spital, als ginge ich zu einem Stelldichein.

Und gleich beim ersten Besuch war ich überrascht, mein Mann lag mit ausgebreiteten Armen auf dem Rücken, in seine Adern waren Schläuche eingeführt, er bekam den ganzen Tag Transfusionen, diese Flüssigkeit sah aus wie ein Bleichmittel der Firma Duha, das meinen Mann wieder von gelb in die Farbe der menschlichen Haut zurückverwandeln sollte. Die Fenster des Zimmers waren so hoch wie in einem gräflichen Pferdestall... bis hier hinauf in den zweiten Stock ragten die alten Bäume, in deren Zweigen Turteltauben ihre Nester gebaut hatten, sie saßen auf ihren Jungen oder ihren Eiern, und mein Mann lag auf dem Rücken, und aus den Flaschen tröpfelte ein Medikament in ihn hinein, so ein Destillat, das wie Cognac aussah... und mein Mann lächelte, er sah fast so aus, als wäre er gern hier in diesem Zimmer, in dem ich, kaum hatte ich es betreten, einen langen Menschen erblickte, der Gary Cooper glich und im Sterben lag, Lungenkrebs... Auf dem Bett unterm Fenster saß ein Mensch und schnupperte an einer Scheibe Zigeunerbraten, er schnupperte argwöhnisch, als wollte er dieses Fleisch wegschmeißen... aß es zum Schluß dennoch widerwillig auf. Und dann war da noch ein schrecklich dicker Mensch, seine Leber war ebenfalls im Eimer, und er erzählte immer wieder ein und dasselbe, sobald er gesund sei, werde er alle Freunde zu sich in die Smíchover Brauerei einladen, er war dort Gärmeister, und sie würden zusammen ein großes Faß Bier leeren... Und dann lag dort noch ein Mann nach einem Infarkt, er lag immer noch so, wie man ihn gefunden hatte, als er im Garten gearbeitet hatte, er lag da und konnte schon mehrere Tage nicht auf den Topf, weil er sich schämte...

Ich hatte geglaubt, mein Mann würde ganz mutlos sein, doch er hatte sich hier sofort eingelebt, weil alle anderen noch schlimmer dran waren als er.

Also lag er drei Wochen dort, und ich kam ihn jeden Tag besuchen, immer in diesen roten Schühchen mit den hohen Absätzen, ich saß auf einem Stuhl neben meinem Mann, reichte ihm Kinderbiskuits, die er mit lauwarmem Tee hinunterspülte, die Transfusionen tröpfelten noch immer, als flösse verdünnter Alkohol in seine Venen... wie oft sagten mir die anderen Patienten, wenn sie hinter mir herauskamen, der Gedanke entsetze sie, mein Mann könnte entlassen werden, wer würde ihnen dann abends bis zehn Uhr Geschichten erzählen? Und ich freute mich, daß dies nicht so bald der Fall sein würde, weil in seiner Galle ein Stein saß, groß wie eine Kinderfaust... Und so bekam mein Mann täglich einige Flaschen Transfusionen, er goß einige Hektoliter lauwarmen Tee in sich hinein, aß einige Körbe und einige Viertel Metze Kinderbiskuits, doch die Gelbsucht wollte und wollte nicht abklingen, es hatte nicht einmal den Anschein, als wollte sie sich auch nur ein klein bißchen zurückziehen... als ich einmal kam, hatte dieser Gary Cooper auch Besuch, ich sah seine Söhne und seine Tochter, so schöne junge Leute hatte ich schon lange nicht mehr gesehen, sie strotzten vor Gesundheit, kamen ihren Papa begrüßen und brachten eine Schlachtplatte mit... sie legten Blut- und Leberwürste auf sein Bett und stellten ein Schüsselchen mit Schlachtsuppe auf den Tisch... dann standen sie am Kopfende des Betts und redeten leise auf ihren ausgemergelten Vater ein, sie boten ihm Leberwurst und Blutwurst an, doch er wandte den Kopf ab... sie schnitten ihm Preßwurst auf... und die Kinder lächelten, es waren irgendwelche Artisten, auf dem freischwebenden Seil, wie schon ihr sterbender Vater...

Als mein Mann in der Klinik fast zusammenbrach, weil er schon drei Wochen dort war und ihm eine riskante Operation bevorstand, eine Operation der Gallenblase, in der ein nußgroßer Stein saß, kam ich einer Bitte nach, Lothar und Pavel, zwei Rollstuhlfahrer, ein Wochenende zu begleiten, in Lothars Mercedes nach Hrabyně zu fahren, um den beiden mit ihren Rollstühlen beim Ein- und Aussteigen behilflich zu sein und zwei Tage lang Krankenschwester zu spielen. Die beiden Freunde auf die Vordersitze zu hieven, war allein schon ein großes Abenteuer. Zuerst rollte Lothar zum Mercedes, öffnete die Tür und hielt sich mit seinem kräftigen Arm am Wagendach fest, sein Rollstuhl stand dicht neben dem Sitz, dann folgte ein Moment der Konzentration, er wartete den richtigen Augenblick ab, stemmte seinen unterhalb der Hüfte leblosen Körper in die Höhe und warf sich wie eine Meerjungfrau ins Wageninnere, er schwitzte, lächelte jedoch, hier lag auch schon seine Tasche bereit, er zog eine Zigarette heraus und zündete sie genüßlich an... und ich klappte seinen Rollstuhl zusammen, ich mußte alles so machen, wie Lothar mir riet, die vernickelten Fußstützen des Rollstuhls, auf dem gerade noch die leblosen Beine geruht hatten, mußte ich mit dem Untersatz herausnehmen, ich legte alles zusammen und hob den Sitz hoch, einen Ledersitz mit zwei Griffen, ich klappte ihn zusammen und schob die Räder ineinander... Ich bemerkte, daß Lothar, bevor er sich ins Auto gehievt hatte, die Handstützen herausgezogen und sie neben sich in ein Fach der Vordertür gelegt hatte... Und während dieser Zeit hatten Pavel und seine Mutter alle Köfferchen und Koffer, alle Schachteln und Geschenke im Kofferraum verstaut, und Pavel kontrollierte vom Rollstuhl aus, ob sie das Werkzeug und den Reservekanister mit dem Benzin dabeihatten... Und dann öffnete auch er die Autotür, fuhr bis dicht vor den Sitz, fand im Innern einen festen Halt, stützte sich mit der anderen Hand gegen das Dach des Mercedes, konzentrierte sich und warf sich ins Innere, seine leblosen Beine und sein Becken plumpsten auf den Sitz, ich klappte auch seinen Rollstuhl zusammen und legte beide in den Kofferraum, dann legte Lothar eine Kassette ein, und James Last spielte den Gefangenenchor aus der Oper »Nabucco«, Pavlík verabschiedete sich von seiner Mutter, und der Mercedes fuhr lautlos an, ich schaute wie im Traum, das Gas, die Bremsen, die Gänge, alles, was sonst für die Füße bestimmt war, war für die Hände umgerüstet, Pavlík lenkte und strahlte, Lothar rauchte, die beiden Männer lächelten, sie trugen beide lustige Hemdchen mit dem Aufdruck Honda und Suzuki. Pavlík hatte auch so eine Mütze, wie die Rennfahrer und ihre Mechaniker sie bei den Formeleins-Rennen tragen, vorn ein großes Schild und darüber die Aufschrift Norton, und James Last spielte ihnen seinen Liebestraum auf den Weg, Pavel scherzte, bohrte in einem unbeobachteten Augenblick einen Finger in Lothars Wange und drehte ihn herum, Lothar warf den Kopf zurück, lachte herzhaft und schrie Pavel an... Laß das!

Und Lothar wechselte die Seite, und Jiří Maláseks melancholisches Klavier spielte, seine Fingerchen stolperten nur so über die Klaviatur... »Harlekins Millionen« ... ach, und dort in der Klinik hatte mein Kleinod mir letzte Woche erzählt, wie es diesem Gärmeister, der alle in die Smíchover Brauerei eingeladen hatte, wenn er wieder gesund sein werde, übel wurde und er eine Spritze bekam... und vor Mitternacht öffnete sich die Tür dieses Zimmers Nummer zweihundertvier... und der Gärmeister schnellte von seinem Bett hoch und machte große Augen... er stand da und starrte auf die offene Tür und schrie... Du kommst mich also schon holen! Und er nahm zwei Urinflaschen, schlug sie gegeneinander und hielt in beiden Händen die Flaschenhälse fest, langsam und mit ausgebreiteten Armen schlurfte er dann zur Tür und rief... So komm, komm mich doch holen, ich ergebe mich nicht... und mein Mann und alle anderen Patienten setzten sich in ihren Betten auf und starrten auf den Gärmeister und die Tür, und mein Mann sah den Tod dort stehen... doch der Gärmeister provozierte ihn weiter... So komm mich doch holen, ich werd's dir schon zeigen, komm schon! Du hast wohl Angst, was? ... und dann drehte dieser Gärmeister sich zwischen den Türflügeln um und sagte zu den entsetzten Patienten... Weg ist er... Und er warf die Scherben der gläsernen

Urinflaschen weg... und lächelte siegesbewußt... dann brach er zusammen... und als der Arzt kam, stellte er fest, daß der Gärmeister tot war... Ein unheimlicher Prachtkerl... hatte mein Mann gesagt... Und über Jiří Maláseks melancholisches Klavier stolperten weiterhin »Harlekins Millionen« ...

Und so fuhren wir durch Hradec und die Berge, und während wir die Berge hinunterfuhren, hatte James Last uns immer noch etwas zu sagen, die beiden Freunde waren ausgelassen, sie lachten und erzählten sich leise, wohin sie nächstes Jahr in den Urlaub fahren wollten. Und ich hörte zu und dachte an meinen Mann, der dort in einem Gebäude am Karlsplatz lag und seiner Leber lauschte... Pavlík sagte fröhlich aus heiterem Himmel... Als ich noch Rennen fuhr, da war ich gut, wahnsinnig gut, ich war sogar der Beste unter den Besten, sobald ich jedoch eine Startnummer bekam, war ich nicht mehr Spitze... sofort nach dem Start verwandelte diese Nummer alle anderen, mit denen ich mich gut verstand, in meine Feinde auf Leben und Tod, und sie verfeindeten sich ihrerseits mit mir, wir schrien uns an, schickten uns gegenseitig zum Teufel, wenn jemand mich überholte, war er mein Feind Nummer eins, denn kaum trug ich eine Nummer, war ich ein Champion von Weltformat... Einmal, beim Markéta-Preis, da überholte mich ein Kamerad, ich holte ihn wieder ein, und so fuhren wir nebeneinander her, beide hatten wir eine Nummer, und keiner wollte zulassen, daß der andere ihn überholte... und so fahren wir

Pedal an Pedal, wie unsere beiden Rollstühle da hinten rasen wir nebeneinander her, eine ganze Runde lang... und auf einmal: peng! ... wird mein Kamerad weggespickt... ein Purzelbaum und dann nur noch Rauch... ich fahre eine weitere Runde, und er liegt dort auf dem Rücken, das Motorrad irgendwo im Gebüsch, ich sage mir, in der nächsten Runde wird er sich schon wieder aufsetzen, aber er liegt immer noch, eine weitere Runde, und er liegt immer noch da... die Zielfahne markierte das Ende und ich war Zweiter, und statt mich an diesem zweiten Platz zu freuen, sah ich immer nur, wie mein Kamerad dort am Boden lag, wie ich ihn fast von mir weggetreten hatte und er ins Schleudern geraten war, weil auch er nach mir getreten hatte, damit ich ins Schleudern gerate... also fahr ich dahin, bring meine Maschine ins Schleudern, rolle auf der Schnauze zu meinem Kameraden, rüttle ihn, schrei ihm in die Ohren und breche unglücklich über ihm zusammen, da öffnet er plötzlich ein Auge, und ich sage... Du Ochs, du bist nicht tot? Er setzt sich auf, und ich sage... Ist nichts gebrochen? Du Ochs, sag ich, all die Runden war ich starr vor Schreck, daß du ohnmächtig bist... Und er sagt lächelnd... Du weißt doch, du Ochs, die Kiste ist Schrott, und jede Minute Bewußtlosigkeit... bringt einen Hunderter...! erklärte Pavlík begeistert und steuerte den Mercedes... und in der Karlsklinik dort bricht mein Mann zusammen, weil er sich operieren lassen muß und danach wieder heim darf... und er wird wieder so sein, wie er immer war, wie ich ihn kenne, wird er dort seinen Letzten Willen schreiben, den er jeden Tag abändert, und er wird bei der

Vorstellung fast vergehen, was die Welt wohl ohne ihn anfangen wird...

Pavlík sagte lächelnd... Und wir sind meinen zweiten Platz feiern gefahren, und als ich bei Slapy die Kurve mit hundertdreißig nahm, war mir sofort klar, daß ich es übertrieben hatte, die Maschine legte sich quer, und ich wußte im selben Augenblick, daß ich sie mit den Füßen von mir stoßen mußte, das ist die Hauptsache, Kamerad, wenn du zu Boden gehst und die Maschine mit dir wegfliegt, aber diesmal ging es zu schnell, und so ist sie mir in den Rücken gescheppert... und dann das Spital und der Oberarzt und mein Vater, der sich über mich beugt... Du wirst wieder gehen, du wirst wieder gehen... ich aber lag da, und es kamen Freunde mit Blumen... In einem Jahr wirst du wieder gehen... und dann tröstete mich der Oberarzt, daß ich wieder gehen würde, zunächst aber ins Rehabilitationszentrum Kladruby müsse...

Pavlík wich einem Lastwagen aus, und als er wieder freie Fahrt hatte, bohrte er seinen Finger in Lothars Wange, er solle die Kassette wechseln... Herrgott, Pavlík, sagte Lothar wütend, laß das, ich bin kitzelig... Pavlík verlor sein Lächeln nicht... Und als ich mich in meinem Zimmer in Kladruby umsah, wußte ich, daß es schlecht um mich bestellt war, auf allen Betten die gleichen Krüppel wie ich... Die Schwester bat mich, sie um den Hals festzuhalten, wenn sie sich über mich beugte... Und so trug sie mich zum Rollstuhl und sagte... sie werde mich Rollstuhl fahren lehren... ich fragte... Und wann werden Sie mir das Gehen beibringen? Sie schaute zu Boden und sagte... Zuerst werden wir Rollstuhl fahren lernen... Sei bloß nicht nervös, Lothar... Und so fuhr ich zum ersten Mal allein im Rollstuhl, ich konnte schon rückwärts fahren, sogar Männchen machen, auf zwei Rädern stehen, ich fuhr gerne, trommelte mit den Händen auf die Reifen und spürte, wie die Speichen unter den Fingerkuppen vibrierten, ich fuhr zurück, die Schwester, die mir das Fahren beibrachte, stand vor dem Eingang, ich gab Gas, und als ich vor ihr bremsen wollte, verlor der Rollstuhl das Gleichgewicht, und ich fiel vorwärts auf die Schnauze, die Schwester wollte mich auffangen, da fielen wir beide hin... phantastisch aber war, daß ich im Traum immer gehen konnte, genauso wie heute noch, auch wenn ich seit fünfzehn Jahren querschnittgelähmt bin, auch heute sehe ich im Traum immer nur, wie ich gehe, kein einziges Mal habe ich davon geträumt, ein Krüppel im Rollstuhl zu sein...

Und während dieser Zeit spaziert mein Kleinod durch die Flure der Karlsklinik, er liegt bereits auf der Chirurgie und bereitet sich auf die Operation vor, er spaziert herum, nichts tut ihm weh, er kann fernsehen, ist jedoch entsetzt, mein Laureat zerfällt vor lauter Angst... er hat vermutlich vergessen, daß es reicht, sollte es ihm einmal ganz schlechtgehen, an Lothar und Pavlík zu denken, die schon so viele Jahre gleichsam gefesselt sind und nicht klagen... mein Mann hat sie in der Karlsklinik dort offensichtlich vergessen, ganz und gar vergessen...

Aber Pavlík, rief Lothar... dort in Kladruby sind wir uns das erste Mal begegnet, und dort war auch Bibi, ich lag mit meiner zerquetschten Wirbelsäule da, und Bibi hat sich bei einem Unfall die Wirbelsäule so schwer verletzt, daß er ebenfalls dort lag... Also fuhren wir Rollstuhl, wir badeten, fuhren bis zur Kneipe hinunter und warteten auf eine wundersame Genesung, denn da uns noch keiner gesagt hatte, was mit uns los war, hatten wir immer noch Hoffnung... Und inzwischen kam so ein Weib aus Prag, die in der Werkstatt einer ganzen Legion von Krüppeln das Häkeln und das Klöppeln beibrachte, irgendeine Kunstgewerblerin... So habe ich häkeln und klöppeln gelernt... Und dann kam der Tag, als Pavel auf einer Maschine stricken lernen sollte, auf einer Art kleiner Harfe, die auf seinen Knien lag, dazu gab es bunte Fäden, und in diesem Augenblick kam der Oberarzt herein, um uns zu fragen, wie uns die neue Arbeit von der Hand gehe und ob sie uns gefalle... Und Pavlík sagte... Und wann werden wir gehen? Und der Oberarzt sagte, es gäbe Berichte aus Amerika und Rußland, daß man durchschnittene Nerven wieder zusammennähen könne... Und Pavlík schmiß die Strickmaschine auf den Boden und brüllte... Macht was mit mir! Ich werde doch nicht ein Leben lang Teppiche strikken... Und dann lud der Oberarzt uns in sein Büro ein, wir waren aufgeregt und schwatzten alle durcheinander, wir glaubten alle, jetzt würde er uns bestimmt sagen, wann er mit dem Zusammennähen der Nerven anfangen könne, die anderen Männer lobten Pavlík, jetzt würde man es uns geradeheraus sagen... Dann öffnete sich die Tür, und der Oberarzt trat ein, er sah aus, als hätte er die ganze Nacht durchgezecht, er schaute zu Boden und sagte dann mit leiser Stimme... Freunde, ich möchte Ihnen nur eines sagen... Sie sind alle gesund! Aber Sie werden nie mehr gehen...

Wir fuhren an Opava vorbei, und dann bog der Mercedes in eine Bezirksstraße ein, und wir standen auf einem Hof im modernen Städtchen Hrabyně... Und so wie ich die Rollstühle vorher zusammengelegt hatte, klappte ich sie jetzt wieder auseinander, und Pavlík und Lothar waren plötzlich von Dutzenden Rollstühlen umringt, alle ihre Freunde hießen sie willkommen, alle hatten sich auf den Augenblick gefreut, der nun da war, Pavel und Lothar waren angekommen.

Ich bewegte mich in diesem Städtchen wie in einem Traum, wohin ich auch schaute, überall kamen, gingen und drehten sich Querschnittgelähmte in ihren Rollstühlen, in der Turnhalle überraschte mich einer, ein ehemaliger Bodybuilder, wie Pavel sagte, seine Wirbelsäule war, als er in seinem Wagen eine Trophäe für den schönsten Körper abholen ging, bei einem Unfall dermaßen zusammengestaucht worden, daß er für immer gelähmt blieb, er trainierte hier in der Klinik jedoch Gewichtheben, als ob nichts passiert sei, er lag auf dem Rücken, man steckte einen weiteren Ring auf die Hanteln, damit sie schwerer waren, er stemmte hundertfünfzig Kilo hoch und bereitete sich für die Meisterschaft vor, und er hatte keinen anderen Wunsch, als zu gewinnen.

Und dann fand das Hauptrennen über sechzig Meter statt, die Startnummern trieben die Wettkämpfer noch rascher zum Zielband, und Pavlík war wieder einmal Zweiter... die Schwestern verteilten Lorbeerkränze, und bei der Preisverteilung bekam der Sieger eine Flasche Alpenbitter, ich sah, wie Pavlík ihm gratulierte, dabei aber wie ein bissiges Roß lächelte... Und zur gleichen Zeit fanden draußen die Wettkämpfe im Diskuswerfen und Kugelstoßen statt, der Langstreckenlauf über die Wege der Klinik und des Städtchens, alles bestritten von Wettkämpfern mit Nummern auf der Brust, nur Lothar saß zusammen mit seinen Freunden hier in der Bar, er diskutierte mit keinem, antwortete niemandem mehr, er führte nur seinen Monolog, erzählte ohne Unterbrechung, was ihm gerade einfiel, über Supermärkte, sein Häuschen, seinen Aufenthalt in der Klinik Murnau, wohin er alle sechs Monate zur Kontrolle fuhr, nur Lothar und seine Freunde waren ohne Nummern, sie hörten zu und lächelten, derweil alle anderen, die Nummern hatten, weiterhin verbissen kämpften, obschon die Wettkämpfe längst beendet waren.

Und ich saß in der winzigen Bar in Hrabyně, und als ich mich umsah, bemerkte ich, daß an den Tischen auch Frauen saßen, sie waren alle festlich gekleidet, als gingen sie ins Theater, als hätten sie Geburtstag, als feierten sie einen Namenstag, in ihren Jeans aber steckten schlaffe Beine, Beine, die einfach auf die Sitze geworfen waren wie Flossen von Meerjungfrauen, ich mußte zur Toilette, fürchtete aber, an diesen Mädchen und Frauen vorbeizugehen, um sie nicht allein schon dadurch zu beleidigen, daß sie krummgeschlossen und auf einen Rollstuhl geworfen waren, sie hatten alle geschminkte Augen, einige sogar künstliche Wimpern, und ihre Augen waren geweitet, als würden sie Kaffeebohnen kauen... und mit Hochgenuß rauchten sie, sie saßen am Tisch vor Kaffee und Wermut, die vernickelten Teile ihrer Rollstühle glänzten durch den blauen Zigarettendunst und die Schatten hindurch, denn die Sonne schien schon hinterm Wald, und alle diese jungen Frauen hatten biegsame und bewegungslose Beine, sie saßen dort wie Meerjungfrauen, und als ich sie ängstlich von der Seite ansah, drückte eine von ihnen ihre Zigarette im Aschenbecher aus, die andere wartete einen Augenblick mit dem Feuerzeug in der Hand und zündete sich dann eine an, die dritte suchte sich eine Zigarette aus der Marlboroschachtel heraus, die vierte sog den Rauch ein, bis die Spitze glühte, die fünfte junge Frau blies den Rauch aus, während ihre Hand eine Bewegung beschrieb, die einen Notenschlüssel nachzeichnete... und alle hatten sie unnatürlich geweitete Augen, sie rauchten und schauten irgendwohin in die Ferne...

Und mein Mann lag in der Karlsklinik, wenn er Lust hatte, saß er im Flur und rauchte wie alle anderen auch, wenn er Lust hatte, ging er langsam in den Lebensmittelladen Jednota hinunter, in dieses Geschäft, das früher einmal ein Irrenhaus gewesen war... wenn er wollte, konnte er fernsehen, er durfte in den Hof gehen, bis zum Mäuerchen, hinter dem ein Klostergarten und eine wunderschöne Barockkirche lagen... und jenseits der Straße ragte das Emmauskloster empor, und wenn er wollte, konnte er auf die Toilette gehen... mein Mann aber brach in der Karlsklinik dort zusammen, und es entsetzte ihn der Gedanke, er könnte Krebs haben, so einen, an dem schon sein Großvater und sein Onkel gestorben waren, und er war so verzagt, daß man einen Psychologen zu ihm schickte, damit der ihn tröste und ihm Zuversicht einflöße, meinem Mann, der liebend gern und gratis all denen Ratschläge erteilte, die viel schlimmer dran waren als er...

Pavlík sagte... Frau Eliška, öffnen Sie mir die Tür, wir werden so tun, als wollten wir was einkaufen... Sechs Uhr war zwar schon lange vorbei, der Selbstbedienungsladen aber stand voll mit vernickelten Rollstühlen, alles in dieser Stadt hier war so eingerichtet, daß man es mit dem Rollstuhl erreichen konnte, und, wie in Prag, stand hier eine Schlange neben und eine hinter der Kasse... Und ich sah, wie Pavlík lachte und nickte und die Querschnittgelähmten ihre Freude daran hatten, wenn sie gemütlich etwas einkaufen konnten, ich sah, wie sie sorgfältig auswählten und sich die Marken der Artikel ansahen, die sie kaufen wollten, wie sie einander berieten, ob sie auch gut einkauften, ob der Freund dieses oder jenes empfehlen könne... Und ich begriff, das Einkaufen hier glich eigentlich unserem Kaufladenspiel als Kinder und daß man seine Zeit ganz angenehm mit Einkaufen vertrödeln kann, überhaupt stellte ich fest, wie wichtig Zeit hier war, es war eine ganz andere Zeit als die meine, als die Zeit meines Mannes... denn alle hier waren um das selbstverständlichste menschliche Glück betrogen, gehen zu können, dorthin zu gehen, wohin sie Lust hatten, und darum kauften sie hier gemütlich und in kindlichem Glück ein, weil sie in solchen Augenblicken vergaßen, daß sie nicht mehr gehen konnten, und wenn, dann gingen und liefen sie genau wie Pavlík... in ihren Träumen... Und Pavlík gab mir zweimal mit seinem Kinn einen Wink, und ich schaute eine junge Frau an, die zunächst Brot kaufte... und nachdem sie es bezahlt hatte, reihte sie sich wieder in die Rollstuhl-Schlange ein und wartete geduldig, und als sie drankam, kaufte sie Streichhölzer... fuhr wieder mit den Streichhölzern im Drahtkörbchen zur Kasse, legte sie dann auf die Ablage in ihre Tasche und stellte sich wieder hinten in der Schlange an... Verstehen Sie? fragte Pavel. Ich verstand, und trotzdem konnte und wollte ich mir nicht vorstellen, was ich wohl tun würde, wenn ich so herumfahren müßte, immer nur in einem vernickelten Rollstuhl...

Vielleicht nahm Pavlík mich nur in die Werkstätten des Rehabilitationszentrums mit, weil er wußte, daß mein Mann in der Karlsklinik dort einen Psychologen brauchte, daß er so fertig war, wie Querschnittgelähmte es in den ersten Wochen und dann für immer sein mußten... Und dort vor dem Eingang in die Werkstätten kam jener Bodybuilder aus dem Wald geschossen, der sich im Auto seinen Preis für den schönsten Körper hatte abholen wollen und dabei so schwer verletzt wurde, daß er jetzt im Rollstuhl fuhr, dieser Bodybuilder jagte mit Volldampf auf einem Fußweg den Hügel hinunter, unter den Reifen spritzte der Sand hoch, mit kräftigen Armbewegungen ruderte er seinen Rollstuhl bis zu uns und stoppte ihn so bravourös, daß er sich auf die Hinterräder stellte und Männchen machte, und der Schweiß tropfte an diesem Bodybuilder herunter, er war ein schöner Mann... Ich sagte zu diesem Beau... Wie geht es Ihnen? Und er sagte zu mir... nicht besonders... und fügte hinzu... junge Frau... Er kippte den Rollstuhl noch einmal hoch und ließ ihn Männchen machen, drehte sich dann wie ein Artist um und wetterte... Dieser Rollstuhl, das ist etwas, was mich überhaupt nicht betrifft... die Zukunft gehört mir! Jetzt mache ich ein Zweiphasentraining... um den Weltrekord im Gewichtheben zu brechen! Und er gab Pavlík die Hand und klatschte ihm eine auf die Handflächen... dann drehte er seinen Rollstuhl um und trieb ihn mit kräftigen Stößen wieder den Abhang hinauf, wo die untergehende Sonne die Baumstämme beschien, er stieß die Reifen so an, daß die Arme vorwärts kreisten, es sah aus, als schwämme er Butterfly...

An einem Montag Nachmittag, als ich mich zurechtmachte, um meinen Mann zu besuchen, klingelte das Telefon, und mein Mann sagte mit gebrochener Stimme, er habe die Operation überstanden, er sei schon selbst die Treppe zum Telefon hinuntergestiegen und wolle mir nur mitteilen, daß alles gutgegangen sei. Alles war aber ein bißchen anders gewesen. Man hatte ihm die Gallenblase herausoperiert, und als ich dort eintraf, hatte er einen Katheter und trug einen Plastikbeutel mit sich herum, in den ein Schläuchelchen mündete, durch das täglich drei Liter Galle abflossen. So lag er da und bekam weiterhin Transfusionen, im Zimmer lagen noch sechs Patienten, die eine Gallenblasenoperation hinter sich hatten, aber alle hatten sie, wie meinem Mann zum Trotz, auserlesene Steine gehabt, so daß sie schon am nächsten Tag Kartoffelpüree und Kompott aßen, während mein Mann nichts essen durfte, drei Tage lang bekam er nichts außer Tee und Kinderbiskuits. Dieser Plastikbeutel war eine Schande für ihn, er war eine fürchterliche Last, als wäre er an seine Leber geschweißt, also lag er da, am Fenster saß der Herr Ingenieur Hrdina, dem man ebenfalls einen Gallenstein herausoperiert hatte, weil er ihm die Milz wegdrückte und den Blutzucker erhöhte. Dieser Ingenieur trieb meinen Mann zur Verzweiflung. Als mein Kleinod sich nach der Operation zum ersten Mal im Spiegel anschaute und darin sein gelbes Gesicht sah, war er von diesem Anblick entsetzt, sofort schaute er sich um, ob nur ja keiner gesehen habe, wie jammervoll er in den

Spiegel geblickt hatte... Herr Hrdina hatte es gesehen und sagte... Grauenvoll, nicht wahr! Und mein Mann wartete schon lange darauf, daß sein Urin endlich heller würde, er pinkelte jedes Mal in der Hoffnung, daß der Urin wieder heller würde, doch er blieb dunkel wie zuvor, wie Schwarzbier, und wenn mein Mann die Harnflasche, diese Champagnerflasche gegens Licht hielt, war der erste, der diesen Blick meines Mannes bemerkte, der Ingenieur Hrdina, der mit großem Gefallen meinte... Eine Katastrophe! Wenn die Schwestern die Mittagessen und die Abendessen austrugen, wenn jeder Kartoffelpüree auf seinem Teller hatte und mein Mann keinen einzigen Bissen bekam, bemerkte der Ingenieur Hrdina... Das ist der Psyche nicht gerade zuträglich, nicht wahr!

Den größten Schlag aber versetzte meinem Mann der Dozent Štork, bei dem er drei Wochen lang auf der Inneren gelegen hatte, am dritten Tag nach der Operation betrat Štork nämlich das Zimmer, er war begeistert und sagte mit begeisterter Stimme zu meinem Mann, er sei bei der Operation dabeigewesen, er habe zugeschaut, wie er es bei allen Operationen seiner Patienten tue, Professor Baláž persönlich habe meinen Mann operiert, und beide seien sie sich einig gewesen, daß sie schon lange keine so herrlich rote Leber mehr gesehen hätten. Da kannten sie meinen Mann aber schlecht, wenn sie gedacht hatten, ihn auf diese Weise zu trösten und die Leber ins Aus zu spielen, er glaubte nämlich genau das Gegenteil und daß dies auch der Grund sei, weswegen man ihm nichts zu essen gebe. Also stand mein Mann auf, den Plastikbeutel trug er wie eine Aktentasche mit sich herum, und den Kopf in die Hände gestützt, saß er in den verschiedenen Fluren herum und dachte an die letzten Dinge des Menschen. Auch Professor Baláž kam einmal zu Besuch, ein schöner Mann, der wie Harold Lloyd aussah, er schob sich die Brille in die Stirn, dieser Herr Baláž hatte noch kein einziges Fältchen und sah unglaublich jung aus, und er beugte sich zu meinem Mann hinunter, schaute ihm direkt in die Augen und sagte... Das, was sie glauben, haben Sie auf gar keinen Fall, verstehen Sie?

Als ich am vierten Tag kam, lag mein Mann wieder da, er hatte Fieber, hörte mich nicht mehr und durchlebte einen qualvollen Vormittag... Einige Schwestern, die gerade ihre Ausbildung beendeten, machten die Abschlußprüfungen, sie hatten schon neue Kittel und weiße Häubchen und sollten in Bälde dieses Abzeichen mit dem roten Kreuz bekommen, die letzten Prüfungen lagen aber noch vor ihnen, und zwar ausgerechnet auf der Abteilung, auf der mein Mann lag, die Oberschwester bestimmte, daß ein Tisch und ein Stuhl herbeizuschaffen seien, und dann gingen die Schwestern von Bett zu Bett, um ihre Kenntnisse direkt an den Patienten unter Beweis zu stellen... Und zum Schluß wurden sie von der Oberschwester auch noch in Theorie geprüft, die Schwestern brachten eine spanische Wand, damit der Tisch der Oberschwester vom Stuhl, auf dem die zu prüfende Schwester saß, getrennt war... Und so geschah es, daß, als alle Schwestern geprüft waren und von der Oberschwester ihre Zeugnisse bekommen hatten, diese Trennwand um das Bett meines Mannes herumgestellt und dann ganz einfach dort vergessen wurde… und als mein Mann seine Augen öffnete, sah er rund um sich diese spanische Wand, so eine Trennwand, wie die Sterbenden auf der Inneren sie haben… Und mein Mann lag eine ganze Stunde lang dahinter, und als die Schwestern sie dann entfernten, konnte ihm niemand weismachen, daß es sich nicht um die Trennwand gehandelt habe, mit der Sterbende abgeschirmt werden…

Und an einem Sonntag kam der Herr Hendrych meinen Mann besuchen, er konnte seine Riesenfreude nicht verhehlen, daß mein Mann so elendiglich in seinem Bett lag, daß er einen Katheter und einen Plastikbeutel hatte, der Herr Hendrych, der neidisch war, weil er das Gefühl hatte, ein besserer Schriftsteller zu sein als mein Mann, dieser Herr Hendrych, der oft zu uns zu Besuch gekommen war und mit meinem Mann endlose Gespräche über Literatur und Kunst geführt hatte, der mit ihm Hunderte von Kilometern durch den Wald von Čimice und die Felsen von Ďáblice gewandert war, dieser Herr Hendrych redete wie üblich nur von sich, für ihn gab es keinen anderen Schriftsteller außer ihm selbst, er wunderte sich ungeheuerlich über sich, was für ein bedeutender Dichter er doch war, und bevor jemand sich versah, sagte dieser Herr Hendrych, so wie er die Dinge sehe, sei er im Augenblick der Schriftsteller Nummer eins, der Champion der tschechischen Prosa, er sei der

Meister von Mitteleuropa, der Erbe, der das Zepter von meinem Mann übernommen habe, denn mein Mann sei bereits abgeschrieben... Sagte der Herr Hendrych und lachte, er hatte die Beine übereinandergeschlagen und lachte aufrichtig und freute sich über seine Zukunft, so daß mein Mann in sich zusammenbrach, und als der Herr Hendrych gegangen war, bekam mein Mann wieder Fieber, und gegen Abend mußte man ihm Sauerstoff geben, weil er neununddreißig Fieber hatte, und alle Ärzte, die gerade Dienst hatten, kamen ihn anschauen, weil dieses Fieber sie erschreckte.

Noch am selben Abend kam der Herr Professor und teilte meinem Mann mit, er müsse zum Röntgen, dann werde man weitersehen, er selbst werde am Samstag gegen Mitternacht nochmals kommen, um nachzuschauen... Und mein Mann ließ sich die Leber röntgen und schaute zur Decke hoch, er schaute nur noch auf die Decke, vielleicht wartete er auf diesen Besuch des Herrn Professors, vielleicht betrachtete er diese Fläche aber auch nur, um dort nichts anderes zu sehen als das, was dort war, nichts als eine Decke, von der der Putz wie Blätterteig bröckelte, wie jeden Samstag kamen ihn seine Bekannten besuchen, sie plauderten, brachten Früchte und Flaschenbier mit, doch mein Mann aß seit der Zeit, da er in der Klinik war, nur noch, was er dort bekam, hier auf der Chirurgie Kinderbiskuits und Tee, es interessierte ihn nichts mehr als das, was der Ingenieur Hrdina von seinem Bett unterm Fenster aus kommentierte... der Urin blieb dunkel, der Blick in den Spiegel furchterregend, und wenn mein Mann sich rasierte, fiel ihm vor lauter Schwäche der Rasierapparat aus den Händen, und der Herr Hrdina sagte immer... Die Schwäche einer verdatterten Seele!

Und in der Nacht, als mein Mann schon nicht mehr glaubte, daß der Professor noch kommen würde, kam dieser doch. Er betrat das Zimmer mit dem Röntgenbild in der Hand, schob sich die Brille in die Stirn und fragte lächelnd... Wollen Sie diesen Beutel ewig mit sich herumtragen? Mein Mann sagte... Das nicht... das nicht... Und der Professor sagte... Also, die Gallenleiter funktionieren wieder... er hob das Röntgenbild gegen das Licht... und der künstliche Ausfluß ist überflüssig geworden, die Leber funktioniert auch wieder... Er klingelte, eine Schwester kam, sie schob ein Wägelchen vor sich her, reichte dem Professor die Instrumente, und dann neigte sich dieser übers Bett, nähte den Ausgang zu, klebte ein Pflaster darüber, gab meinem Mann die Hand und sagte... Es wird gut werden... Und es wurde gut, relativ gut, mein Mann bekam Kartoffelpüree, und als er es aß, weinte er vor lauter Glück, daß er Kartoffelpüree bekommen hatte...

Und am folgenden Tag ging mein Mann in die Kantine, in den Laden, und als er sich hinuntergeschleppt hatte, kaufte er für die Krankenschwestern die größte Bonbonniere zum Lohn, weil sie ihn so gut behandelt hatten, daß er den Topf schon nicht mehr brauchte, sondern sich selbst helfen konnte... Doch diese Bonbonniere wog sieben Pfund, mein Mann schleifte sie in den ersten Stock, und als er auf die nächste Stufe treten wollte, stolperte er, die Bonbonniere fiel zu Boden, die Pralinen flogen nach allen Seiten, und mein Mann blieb eine Weile auf dem Rücken liegen... dann sammelte er die Pralinen zusammen und bat eine Schwester, die ebenfalls hinaufging, ihm diese Bonbonniere tragen zu helfen, und dann schenkte er sie den Schwestern...

Und es kam der Tag, an dem ich meinen Mann abholen konnte, behutsam wurde er zum Auto geführt, mit seinem Stock glich mein Mann einem Gespenst, es kostete ihn fast so viel Mühe wie Pavlík, bis er sich ins Auto gehievt hatte, elendiglich saß er neben mir und lächelte, ich fuhr ihn nach Kersko, und als ich unsere Parzelle im Wald erreicht hatte und mein Mann aussteigen wollte, mußte ich ihn herauszerren... als er so neben dem Auto stand, sah es aus, als hingen dort nichts weiter denn seine Kleider, ich mußte das Fahrrad holen, er bestand auf seinem Fahrrad, und als ich es ihm gebracht hatte, trat er auf die Pedale und radelte mir davon, ich trug seine Sachen ins Häuschen, machte das Bett, mein Mann kam zurück, fuhr einmal ums Auto herum und radelte wieder davon, er begann wieder der zu sein, der er gewesen war, er fuhr mir davon, und indem er vor sich selbst davonfuhr, fuhr er auch vor seiner Leber davon, er fuhr auf dem Fahrrad vor seinem Krebs davon, die Leber schmerzte zwar immer noch, aber die Galle rann wieder durch die Gänge... Dann führte ich ihn über die Treppe ins Zimmerchen und dann weiter hinauf auf seinen Dachboden, wo er ins Bett sackte, als wäre er von einer anstrengenden Bergtour zurückgekommen... Lächelnd sagte er zu mir... Als man mich entlassen hat, hat der Herr Dozent Štork gemeint... Sie sind gesund! Ich sagte... Aber Herr Doktor, wie steht's mit Alkohol? Er sagte zu mir... Wenn Sie Lust haben, bitte, hier ist ein Gläschen Kognak! Ich sagte... Und mit Kaffee? Schwester, rief der Herr Dozent, machen Sie uns einen Kaffee... Und ich sagte... Und mit Pilsnerbier? Und der Herr Dozent Štork sagte... Jetzt gleich, wenn Sie von der Klinik wegfahren, können Sie beim Čížek oder in der Schwarzen Brauerei einkehren... Sie sind gesund, aber! Mit dem Essen müssen Sie achtgeben, was Sie vertragen und was nicht, es kann vorkommen, daß Ihre Gallengänge schmerzen, wenn Sie Tee mit Zitrone trinken und eine Semmel essen, und daß Sie gar nichts spüren, wenn Sie Brot mit Schweineschmalz beschmieren und dazu ein Stück fetten Speck essen... sagte mein Mann und fügte hinzu... Hast du nicht ein Stückchen Brot und Schmalz da? Nachdem er dieses Schmalzbrot gegessen hatte, saß er da und horchte, was es mit seinen Eingeweiden veranstalten würde, und da kam ihn gerade eine Bäuerin aus Semice auf ihrem Fahrrad besuchen, ihre Gallenblasenoperation lag schon einige Jahre zurück, und sie war gekommen, um meinem Mann Ratschläge zu erteilen, was er essen dürfe und was nicht, sie brach über sich selbst in Tränen aus, daß nun schon so viele Jahre seit der Operation, die Emerich Folák persönlich durchgeführt habe, vergangen seien und sie seither nichts als Tee und Kinderbiskuits esse, sie sagte, sie schreibe gerade wieder einmal ihr Testament, und sie weinte herzzerreißend, weil ihr die Kinder und die Enkel leid taten, hauptsächlich aber tat sie sich selbst leid... das erzählte diese Bäuerin, die auf dem Fahrrad gekommen war, um meinem Mann eine Freude zu machen, sie weinte, und mein Mann erblaßte, er torkelte zur Toilette, ging in die Hocke und erbrach dieses Schmalzbrot wieder... triefend kam er zurück, das Gesicht bedeckt von Tränen und Schweiß, er rülpste und würgte, lief nochmals zur Toilette, und man konnte hören, wie er in die Schüssel röhrte... und als er zurückkam, erriet die Bäuerin... Gewiß haben Sie ein Schmalzbrot gegessen! Mein Mann nickte, und die Bäuerin lachte, sie gab meinem Mann die Hand und gratulierte ihm... Jetzt sind wir hier in der Gegend zwei, zwei zum Tode Verurteilte, nicht sofort, sondern langsam, wir werden verhungern wie meine liebe Mutter... Sie stammen doch sicher aus einer Krebsfamilie? Sie hob den Blick, und mein Mann gestand... Mein Opa Tomáš ist an Krebs gestorben, mein Onkel Bob ebenfalls... Und die Bäuerin frohlockte... Das ist das Ende, es ist erblich! Ich werde Sie besuchen, kommen Sie auch zu uns, wir werden von unseren Krebsen erzählen, zu zweit begegnet man dem Tod vielleicht besser... Und vor allem, wir, die wir an dieser Krankheit leiden, wir haben als Entschädigung schöne Augen... Auch Sie haben schöne Augen...

Von seiner Krankheit zu erzählen bedeutet, kopfüber noch mal in die Krankheit zu fallen, hatte mein Mann früher immer gesagt. Und jetzt, da er aus der Klinik zurückgekehrt war, redete er am liebsten über seine Krankheit, über die Operation, er schloß in Semice, in Hradištko, in Prag mit jedem Bekanntschaft, dessen Leber ruiniert war, der eine Operation hinter sich hatte, vergnügt hörte er zu, wer welche Beschwerden hatte, was für eine Diät er einhalten mußte, vergnügt hörte er Frauen zu, die ihm sagten, sie würden jetzt noch oft über sich weinen, weil sie ständig den Eindruck hätten, bald an dieser Leber zu sterben. Und so lauschte er seiner Leber und bemitleidete sich, daß er wahrscheinlich schon bald wieder in die Karlsklinik zurückkehren würde, er hörte jenen zu, die das Los operierter Gallenblasen mit ihm teilten, er lauschte seiner Leber und den Gallengängen, durch die seine Galle sich langsam zwängte, vergnügt hörte er, daß einige noch vier Jahre nach der Operation Beschwerden hatten, daß sie, wenn sie ein Schmalzbrot oder ein fettes Stück Schweinefleisch gegessen hatten, sich sofort hinlegen und über die Letzten Dinge des Menschen nachdenken mußten.

Damals las mein Mann immer nur eines in der Zeitschrift »Weltliteratur«, und zwar, wie sein Liebling Gary Cooper immer leichter wurde, weil er Krebs hatte, wie er schon elend und abgemagert seinen letzten Film drehte, Liebe am Nachmittag mit Audrey Hepburn, und mein Mann versetzte sich in Herrn Bradley hinein, der mit Gary Cooper drei Monate vor dessen Tod Europa besuchte, er ließ sich mit ihm in der Via Veneto photographieren, hatte eine Audienz beim Papst und bat diesen, ihn zu segnen, gemeinsam mit Gary Cooper wurde er immer leichter, bis Cooper sich die letzten drei Tage hinlegte, ganz allein mit seinem silbernen Kruzifix, und ganz allein lag auch mein Mann drei Tage lang so in Agonie, um schließlich zu sterben, genau so, wie Ernest Hemingway sich vorzeitig mit einer Jagdflinte in den Kopf geschossen hatte, dieser Schriftsteller, der so oft in seinem Leben hätte getötet werden können, der sich aber zum Schluß, nachdem ihn niemand getroffen hatte, mit seinem geliebten Jagdgewehr selbst erschoß.

Und dann stand mein Mann eines Tages auf, als ob er sich schämte, daß er sich nicht mehr wog, seinen Gewichtsverlust nicht mehr aufschrieb, und als ich ihm seinen Tee mit Zitrone brachte, wies er ihn samt dem Kipferl zurück und befahl, ich solle ihm Brot bringen, frisches Brot und einen Topf Schmalz mit Grieben, er schmierte sich eine Scheibe, nahm einige Grieben, und in diesem Augenblick fuhr ein Auto vor, der Besuch marschierte geradewegs vom Gartentor auf unser Haus zu, und mein Mann saß am Tisch und aß ein Schmalzbrot mit Grieben, und als der Besuch schüchtern eintrat, bot mein Mann ihm auch eines an, der Besuch aber war enttäuscht, er wollte über die Operation, über die durch die Gänge rinnende Galle sprechen, ich saß am Tisch und fing ein weiteres Bild zu weben an, ich wählte die Fäden aus und war zum erstenmal irgendwie beruhigt, denn mein Mann bat diese Leute, Koteletts zu holen, sie sollten nach Přerov zum Metzger fahren und Schweinebraten kaufen, denn für seine Leber sei Schweinebraten das Beste ... Und so brachten sie diesen Schweinebraten, und noch am selben Abend machte ich panierte Schnitzel, und mein Mann briet das Schweinefleisch und ließ es dann abkühlen, und als seine Freunde kamen, alle, die sich so oft und so gern über die Krankheit meines Mannes unterhalten hatten, da versetzte er jeden in Erstaunen, er brachte das kalte Schweinefleisch, offerierte Bier und trank selbst davon, um sich dann zu entschuldigen und zu seinem Fahrrad hinauszuwanken, das an der Wand unseres Häuschens lehnte, um mit der Sohle die Pedale zu treten und auf den Waldwegen in die Landschaft hinauszuradeln, auf den Bezirksstraßen, denn auf dem Fahrrad konnte man so herrlich atmen, und durch dieses rhythmische Atmen und vor allem dadurch, daß er allein war, lief er immer weniger vor sich selbst davon, denn er hatte sich aufgefangen, er war wieder eingerastet, er brauchte sein Gewicht nicht mehr zu kontrollieren, er brauchte sein Handgelenk nicht mehr zu halten, um den Puls zu fühlen, und dann kam er eines Tages zurück und roch nach Anisgeist, er hatte irgendwo in einer Kneipe einige Gläschen Prostějover Schnaps getrunken, und in dieser Nacht schlief er selig ...

Während der Rekonvaleszenz kam mein Mann, aus welcher Richtung auch immer er auf dem Fahrrad heimkehrte, immer heiter und gut gelaunt in unser Häuschen im Wald von Kersko zurück. Ich war froh, daß dieser Aufenthalt im Wald, in den Feldern, auf Wald- und Feldwegen eine solche Wirkung hatte, nach einer Woche jedoch stellte ich fest, daß mein Mann immer nach Anisgeist roch. Und dann wurde mir klar, daß er in allen Himmelsrichtungen einige Fläschchen Prostějover Schnaps versteckt hatte, wohin er auch fuhr, immer kam er angesäuselt, aber glücklich aus dem Wald zurück. Ganz in der Art und Weise des Professors Havránek, der behauptete, purer Alkohol sei für eine operierte Gallenblase das Beste, was er auch praktisch unter Beweis stellte... Es kam auch einmal ein ehemaliger Soldat zu meinem Mann, ein Oberstleutnant, der teilte ihm mit, daß er vor einem Jahr operiert worden sei und sich sehr wohl fühle, daß es ihm aber auch schlecht, ganz arg ergangen sei, insbesondere, als er die Diät noch eingehalten habe... eines Tages hatte dieser ehemalige Soldat dann aber Kameraden besucht, er saß dort und nippte nur an seinem Mineralwasser, während die Kameraden von der Front Wodka tranken, bis er sich schließlich überreden ließ, er war blaß und starr vor Schreck, was diese wenigen Wodkaspuren in seinem Innern bewirken würden, und angetrunken lauschte er in der Nacht seiner Leber, doch diese Leber summte, sie schnurrte sogar, und diese Oberstleutnantsleber wünschte sich... mehr, noch mehr... Und am nächsten Nachmittag, als er wieder griesgrämig und verstört war, bat er seine Frau... Mamchen, geh und bring mir ein Fläschchen Wodka! Und dann trank er es langsam leer, wie er es vom Krieg her gewohnt war, und in dieser Nacht, während er alle vorangegangenen Nächte nicht geschlafen hatte, schlief er endlich und spürte, wie seine Eingeweide sich lockerten, wie seine Leber wieder auf vollen Touren lief, und so leerte er nunmehr jeden Tag sein Fläschchen Wodka, wie er es von der Front her gewohnt war, und auch das Essen begann ihm zu munden, am besten aber schmeckten ihm Schmalzbrote mit Grieben und Speck.

Und so radelte mein Mann durch die Gegend, ein Fläschchen hatte er im Riesenhain versteckt, und dort im Wäldchen hinter Přerov hatte er ein Fläschchen in einer Eiche verstaut, ein anderes hatte er in einer Scheune verborgen, ziemlich weit weg auf einem Waldweg, der Nymburkweg heißt, ein anderes Fläschchen stand in einem Schober, ein weiteres lag in einem Bach beim Čepičkahain, einem kleinen Kiefernwald, wohin er gern fuhr, weil dort ein schöner Weg an der Elbe entlangführt, einen Prostějover Schnaps hatte er sogar auf dem Paleček, jenem Hügel hinter Velenka, wo der Friedhof von Mandšejd liegt, dieses Fläschchen stand hinter dem Fenster des kleinen Leichenhauses, er fuhr gern auf diesen Paleček, von wo aus man eine schöne Aussicht gegen Norden auf das Semicer Berglein und den Přerover Weißhügel hat, dort lag er gern und schaute in die Landschaft hinaus, dort weht immer ein frisches Lüftchen, mein Mann lag da und machte Atemübungen, um danach auf den Friedhof zu gehen und auf allen Grabsteinen die Namen und die Geburtsdaten zu lesen, und wenn er feststellte, daß schon viele da lagen, die jünger waren als er, griff er immer hinter die Fensterscheibe des Leichenhauses und nahm einen Schluck auf das Wohl all dieser Toten, aller, die ihm vorausgegangen waren, und dann radelte mein Mann wieder weiter, oder er kehrte um, damit er noch irgendwo im Wald von

Oberkersko einen Schluck nehmen konnte, dort Beim Hirschohr trank er aus einem Fläschchen, das er in einem ausgehöhlten Baum deponiert hatte, und dann kehrte er zurück, um seine angeheiterte Stimmung rechtzeitig nach Hause zu bringen.

Damals war er mit dem Herrn Kuzník befreundet, einem Alten, der irgendwo in Neuwiesen in seinem Häuschen Slibowitz gebrannt hatte, dort saßen sie zusammen auf der Lichtung vor einem Häuschen, das jenem glich, in dem Tschechow gelebt hat, so ein russisches Gebäude, in dem ein entsetzliches Chaos herrschte, hätte seine Frau hier aber Ordnung gemacht, hätte er nichts mehr gefunden, seine Frau kam immer erst gegen Ende der Woche, da sie noch arbeiten ging, sie kochte für die ganze Woche im voraus und schrieb auf, welchen Topf er am Montag und welchen am Dienstag zu wärmen habe, was für den Mittwoch, was für den Donnerstag und was für den Freitag vorbereitet sei, aber der Herr Kuzník aß so, wie ihm die verschiedenen Töpfe, die alle im Keller auf dem Fußboden standen, gerade zwischen die Finger kamen, mein Mann fuhr oft zum Herrn Kuzník, weil dieser hinten in der Speisekammer einige Dutzend, so ungefähr fünfzig verkorkte Bierflaschen stehen hatte, in denen sein Branntwein abgefüllt war, aussortiert nach dem besten, dem Mittellauf, und dem schlechteren, dem Vorlauf, und in etwa einem Drittel der Flaschen war der Nachlauf, so, wie der Schnaps aus dem Destillationsgerät tropft... Diesen Mittellauf hatte der Herr Kuzník längst ausgetrunken, und jetzt, als er mit meinem Mann Bekanntschaft schloß, kurierten die beiden ihre Leber mit den Flaschen des Vorlaufs und des Nachlaufs, der Herr Kuzník hielt meinem Mann die entkorkten Flaschenhälse zum Riechen hin, damit er feststelle, welche Flaschen noch trinkbar seien, dann verschlossen sie die restlichen Flaschen wieder und tranken aus jener, die sie für die beste befunden hatten, und so kurierten die beiden ihre Leber, die des Herrn Kuzník war nämlich auch schon so kaputt wie jene meines Mannes. Vor allem befürchteten sie, von diesen letzten Flaschen blind zu werden, doch dann blieben ihnen nur noch zwei Flaschen und zum Schluß noch eine einzige, aber auch die war noch so gut, daß meinem Mann wie auch dem Herrn Kuzník schon vom Riechen allein das rechte Nasenloch anschwoll ... Und so tranken sie schließlich auch noch die letzte Flasche leer ...

Und dann ging mein Mann, wenn wir in Kersko waren, wieder Abend für Abend in die Hájenka, dort trank er mit den Dörflern Bier, und wenn es kalt war, ließen sie sich aus einer Flasche Rotwein Glühwein brauen. Und auch hier war mein Mann die Nummer eins, der Meister von Mitteleuropa, hier wartete man immer auf ihn ... und mein Mann unterhielt sich in der Kneipe, überhaupt überall, wo er war, nie über das, was er gerade schrieb, wie sehr er unterm Schreiben litt, er redete nie über Literatur, und stellte ihm einer solche Fragen, schwieg er und schaute auf den Tisch, er spielte mit dem Bierdeckel, errötete leicht, zuckte mit den Schultern und sagte dann, er wisse nicht, was er sagen solle, alles, was er habe sagen wollen, stehe in seinen Büchern. Liebend gern unterhielt er sich in den Kneipen jedoch über Feldarbeit und Schlachtfeste, über das Leben der Dörfler, in dieser Hájenka trafen sich Leute aus Velenka, aus Hradištko, manchmal kamen sie sogar aus Semice, Gruppen von Genossenschaftsbauern, alle kamen auf den Fahrrädern, auf alten Premiers noch aus der Ersten Republik, auf diesen unsterblichen Rädern, die schon dreißig, vierzig Jahre gehalten hatten und gewiß noch einige Zeit halten würden.

Und in dieser Hájenka saß gewöhnlich auch Franta Vorel, er, der ohne diese Kneipe vermutlich gar nicht leben konnte. Er war schon am Mittag dort, auf einen Sprung in der Pause, und jeden Abend saß er dort, samstags und sonntags auch nachmittags. Franta dachte über sich selbst nach, am liebsten hockte er beim Ofen, trank still sein Bierchen, genehmigte sich ab und zu einen kleinen Kaffee, und manchmal spielte er auch verrückt, bestellte und trank nur für sich Rum und Brandy, aus heiterem Himmel begann er zu tanzen, sprang auf den Ofen, den hohen Filako-Ofen, und tanzte dort so lange, immer nur ein paar Minuten, bis seine Sohlen anfingen zu glimmen, dann tanzte er weiter auf dem Tisch, er tanzte wundervoll, als würde er einen Volkstanz vorführen, wie die mährischen Burschen in ihren Trachten. Franta war nicht nur der Vertraute des Wirts, sondern auch der Frau Wirtin, er war sogar ein bißchen in die Frau Wirtin verliebt. Er brachte ihr kleine

Aufmerksamkeiten, und wenn viele Gäste da waren, half er im Ausschank, er war stolz auf diese Ehre, trug ein weißes Hemd, zapfte Bier und lächelte, er war glücklich, wenn er in die Küche gehen konnte, dieser Franta war so eine Art Wirteberater, und wenn der große Frost kam, schlief er nachts im Schankraum, er heizte den Ofen, und damit das Bier nicht gefror, öffnete er die Tür, die vom Schankraum in den Keller führte.

In jenem Winter, als sehr viel Schnee gefallen war, war der Herr Novák hier Kneipenwirt, er hatte eine schöne Frau, und als Weihnachten vor der Tür stand, brachte Franta die Tannenbäumchen, was auch immer der Herr oder die Frau Wirtin brauchten, Franta nahm sein Auto und besorgte es, als der Herr Novák sich in den Kopf setzte, die Wände der Hájenka mit Eichenholz zu täfeln, brachte Franta die Eichenstämme zum Zersägen nach Poříčany, als der Herr Novák sich in den Kopf setzte, die Wand hinterm Ofen zu verklinkern, organisierte Franta wiederum alles. Ganz besonders gern feierte Franta Geburtstag, nicht nur den seiner Mutter, auch den seiner Töchter, seinen eigenen Geburtstag, den Geburtstag des Herrn Wirts, der Frau Wirtin, und so prosteten alle Gäste, wenn Franta sie einlud, ihm herzlich zu, sie tranken aus den Wein- und Likörflaschen, die Franta auf den Tisch stellen ließ, er spendierte sogar eine Torte, auf der der Name des Jubilars stand, und so feierte zum Schluß jeder Gast, jeder Stammgast in der Hájenka seinen Geburtstag und seinen Namenstag so, daß er alle, die kamen, bewirtete. Ich war einmal in der Woche in diesem Wirtshaus, es war angenehm, mit den Dörflern zusammenzusitzen, manchmal blieb auch ein Häuschenbesitzer sitzen, der gerade mal gekommen war, um zu kontrollieren, wie es auf seiner Parzelle aussah, ob nicht eingebrochen worden sei, sonst aber saßen werktags nur Dörfler dort, die ausgelassen sein konnten, manchmal brachten sie auch Hasen mit, und der Herr Wirt bereitete sie auf klassische Art, mit Rahmsauce zu, die Jäger brachten einmal im Monat sogar ein Rehlein, und im Winter brachte der Herr Hamáček oder sonstjemand einmal die Woche eine Schlachtplatte, Blut- und Leberwürste und Beuschel, und wenn die Besucher und Freunde der Hájenka so dasaßen und überwinterten, hörte ich oft, wie sie meinem Mann taktvoll, aber hartnäckig die Frage stellten, wie er denn seinen Geburtstag feiern werde?

Und während ich in der Altpapier-Sammelstelle weiterhin ganze Auflagen konfiszierter Bücher in die Papierfabriken schickte, nahm ich immer einige dieser Pakete und legte sie zur Seite, und die Autoren kamen persönlich, um Dutzende ihrer eigenen Werke abzuholen, sie bedankten sich und schenkten mir Bonbonnieren, und so lernte ich weitere zu liquidierende Schriftsteller kennen, mein Mann hielt es dort in Kersko nie lange aus, er hatte tagsüber kein Sitzfleisch und kam schon mit einem Vormittagsbus nach Prag, hier besuchte er dann ehemalige Redakteure von Zeitschriften, die ebenfalls liquidiert wurden, und mir kam es immer sonderbar vor, daß mein Mann mit Kommunisten verkehrte, zwar mit solchen, die, nachdem dieses Kanonenrohr nicht nur auf den Schriftstellerverband, sondern auch auf die Akademie der Wissenschaften und sogar auf die Pilsner Bierstube Beim Pinkas gerichtet gewesen war, nicht nur von den Parteilisten gestrichen, sondern auch aus den Redaktionen, von den Sekretärsposten entfernt worden waren, alle diese Kommunisten, diese Freunde meines Mannes, bekannten sich jetzt zu uns, sie kamen mich besuchen, und ich sah fast immer schöne Männer, alle hatten sie aber Augen wie mein Mann, sie waren eingeschüchtert, lächelten zwar, doch dieses Lächeln war im Grunde ein verstecktes Weinen. Sie kamen, um Bücher des Avantgarde-Theoretikers Karel Teige zu holen, Bücher des Philosophen Fišer, des Dichters Egon Bondy, Bücher katholischer Schriftsteller aus dem Verlagshaus Vyšehrad, die ebenfalls eingestampft wurden, sie alle waren von meinem Mann hierher geschickt worden, der mit ihnen tagsüber Beim Pinkas saß, von wo die Kanone längst abgezogen war, und doch schien sie immer noch auf diese Gesellschaft zu liquidierender junger Leute zu zielen, derentwegen in diesem unglückseligen August die Armeen einmarschiert waren. Also lud ich alle diese liquidierten Schriftsteller und Redakteure ein, mein Mann habe in einer Woche Geburtstag und werde diesen Geburtstag in der Hájenka feiern, am achtundzwanzigsten März, dem Tag der Lehrer, an dem, wie der Kalender bestätigte, auch der Pädagoge Ján Amos Komenský zur Welt gekommen war... Und alle freuten sich, sie fragten mit Tränen in den Augen, im Ernst, ist das möglich? Sie wunderten sich, und einer von ihnen sagte, Smrkovský sei auch so schlecht dran, er sei ganz verlassen und sitze zu Hause, niemand spreche mit ihm, alle würden ihm ausweichen, gerade mit Smrkovský sollte man Erbarmen haben... Und ich sagte herzlich lachend... Er soll ruhig kommen! Mein Mann hat schließlich für die »Landwirtschaftszeitung« einen Jubiläumsartikel über ihn geschrieben, meinen Mann wird es freuen, er hat mir gesagt, daß Smrkovský aus Velenka stamme und vor dem Krieg als Bäcker an den dortigen kommunistischen Versammlungen teilgenommen habe.

Also kam an diesem achtundzwanzigsten März der Herr Marysko, es kamen Břet'a und die Schwägerin, und gegen Abend gingen wir in die Hájenka, der Herr Wirt und die Frau Wirtin hatten sich in Gala gestürzt, in der Tür überreichte man mir einen Blumenstrauß, meinem Mann schenkte Franta eine riesige Torte, auf deren Guß mit Schokoladenbuchstaben geschrieben stand... Dem berühmten Schriftsteller... und darunter eine Rose aus Fondant und... zum Geburtstag... Und alle Stammgäste, die aus Velenka, Hradištko und Semice gekommen waren, wurden von meinem Mann eingeladen, das ganze Lokal ertrank in Blumen, und alle Glühbirnen brannten... und dann kamen zwei Autos, aus denen liquidierte Schriftsteller und Redakteure stiegen, mein Mann forderte sie auf einzutreten, der Maler Hegr entrollte eine Standarte, ein Leintuch, auf das die Aufschrift gemalt war... Hoch lebe Bohumil Hrabal, Böhmens berühmter Barde... und es waren auch der Philosoph Kosík und der ehemalige Sekretär Kostroun da, und kaum hatten sie Platz genommen, stimmten sie ein Lied an, der Wirt und die Frau Wirtin schenkten Schnaps ein, der mit Bier heruntergespült wurde, andere bestellten Wein... mein Mann lächelte zwar, wußte aber und brachte dieses Wissen auch ganz deutlich zum Ausdruck, daß die Kanone, die vor sechs Jahren auf den ersten Stock des Schriftstellerverbands gerichtet war, jetzt zwar unsichtbar, aber trotzdem noch vorhanden war, und daß sie in diesem Augenblick dort draußen stand und auf die Hájenka zielte, ich war froh, daß mein Mann niedergeschlagen war, was hatte er denn zu befürchten? Soll er doch alle samt dieser Kanone zum Teufel schicken, was hat er verbrochen mit seinem Schreiben? Ich trank, und alle lächelten, der Redakteur Bartošek, dieser schöne Mensch, stand auf einem Stuhl, man sang gerade ein mährisches Lied, das Bartošek dirigierte... als die Tür aufging und der ehemalige Premierminister Herr Smrkovský dastand... Und er kam herein, schüttelte meinem Mann die Hand und gratulierte ihm, er trug einen eleganten Anzug und ging auf einen Stock gestützt, er begrüßte auch die anderen liquidierten Redakteure und Schriftsteller, und der Wirt gab ihm die Hand und tischte dann Schnitzel mit Kartoffelsalat auf... und es kam Franta Vorel und reichte Smrkovský die Hand, und es kam auch der Herr Hamáček, der einige Gebäude vom Dorfplatz, einige Gebäude von jenem Häuschen entfernt wohnte, in dem Smrkovský zur Welt gekommen war... und mein Mann vollbrachte Fehlleistungen, seine Beine versagten ihm den Dienst, also kippte er Schnäpse in sich hinein, er lächelte gekünstelt, irgendwie wußten alle diese Liquidierten, daß die Kanone, diese unsichtbare Kanone jetzt dort draußen vor der Kneipe stand, und sie sangen weiter, der Maler Hegr und Bartošek hoben nochmals die Standarte hoch, dieses Leintuch, sie standen hinter meinem Mann, und über ihm war diese Aufschrift auf dem Stoff... Hoch lebe Bohumil Hrabal, Böhmens berühmter Barde... und auf dem Tischtuch thronte die riesige Torte mit der Aufschrift... Dem berühmten Schriftsteller zum Geburtstag... Herr Smrkovský saß jetzt mit Franta und dem Herrn Hamáček zusammen, und er fragte, wer in Velenka noch wo wohne, er fragte, wie diese Leute lebten, wie es ihnen gehe und ob ihre Frauen und Kinder gesund seien... und die Lektoren und die Schriftsteller erhoben sich, sie prosteten meinem unglücklichen Mann zu und gratulierten ihm nochmals und immer wieder, weil alle wußten, daß etwas passieren mußte, etwas passieren würde, was, das ahnten sie nicht, aber sie spürten diese Kanone, die auf die erleuchteten Fenster der Hájenka zielte, eine Kanone, die dort draußen irgendwo im Dunkel des Eichenwalds hinterm Graben stand... Und ich war nicht unglücklich, im Gegenteil, ich war froh, daß alles in der Hájenka so war, wie es war, weil ich jetzt sah, daß mein Mann gelogen hatte, als er behauptet hatte, er würde die Wahrheit sagen und danach handeln, wie teuer er auch dafür bezahlen müßte, er hatte alle seine Freunde angelogen, alle diese Dichter und Maler, denen er dort in Libeň Vorträge gehalten hatte, als die Zeiten noch so waren, daß man sagen konnte, was man wollte, als diese Kisten und Krüge Bier herbeigeschafft, als diese schrecklichen Schweinsschwänzchen verzehrt wurden und mein Mann über die Freiheit redete und darüber, daß ein

Schriftsteller, ein Künstler an seinem Leib keine einzige verwundbare Stelle habe, daß ein Schriftsteller über allem stehe... Und er lehnte es ab, mit mir darüber zu reden, ich war nur diejenige, der er aus der Bibel zitierte, wie es ihm gerade in den Kram paßte... daß die Welpen Brosamen vom Tisch des Herrn sammeln... ich hatte diese Brosamen aber gut gesammelt, um sie mir einzuprägen, und jetzt, als mein Mann in solcher Weise und so sichtbar vor dieser Kanone zusammenbrach, von der er törichterweise geglaubt hatte, die Armeen hätten sie seinetwegen hingestellt, jetzt wußte ich, daß ich in jenem Jahr fünfundvierzig zwar alles verloren hatte und ein halbes Jahr inhaftiert gewesen war, daß ich in einer Ziegelei geschuftet hatte, ich, die ich nichts dafürkonnte, weil ich sechzehn Jahre alt war, als der Krieg zu Ende ging, doch bin ich nie zusammengebrochen, ich hatte nie vor etwas Angst, denn ich hatte eine einzige Waffe... Laßt mich in Ruh! Lügt nicht! Ich hatte die Villa verloren, die Wochenendhäuser, die Fabrik und meinen Vater, der über all dem Leid gestorben war... Und jetzt saß ich in der Hájenka, trank und sah mir alle diese Liquidierten an, die nicht das Gefühl einer Schuld, sondern des Entsetzens mit sich herumtrugen, darum lachten sie alle so laut, darum aßen und tranken sie so viel, darum sangen sie, ich hingegen war ganz ruhig, ich war noch nie so ruhig gewesen wie jetzt, nachdem ich sie alle so eingeladen hatte, daß der eine nichts vom anderen wußte, ich hatte sie in die Waldkneipe eingeladen wie Agatha Christie ihre Figuren, damit eine nach der andern ermordet würde...

Und der Herr Smrkovský sah sich langsam in der Runde um, und als er das alles bemerkte, stützte er sein Kinn auf seinen silbernen Stock, erhob sich und sagte zu meinem Mann… er danke ihm, sei aber krank und werde nun wieder nach Hause gehen, er schüttelte den Dörflern die Hand, winkte den anderen durch die Luft zum Abschied zu und ging hinaus, begleitet vom ehemaligen Sekretär Slavík… und Bartošek und der Maler Hegr folgten dem Herrn Smrkovský und winkten ihm mit diesem zwischen zwei Stangen gespannten Leintuch, und ich trat hinter ihnen ins Freie… doch da kam vom Lebensmittelladen Pramen schon ein Auto gefahren und von der Hauptstraße her nochmals drei erleuchtete Wagen, Wolgas, die zur Hájenka einbogen, die Türen flogen auf, und es sprangen Polizisten in Ledermänteln heraus, der Kommandant von Sadská und noch einige Männer in Zivil, die Prager Autos hatten diese violetten Kasserollen auf dem Dach, die Polizisten stürmten in die Hájenka, drangen in die Küche ein… die Männer in den Ledermänteln standen in allen Türen und hielten ihre Pistolen in den Manteltaschen gezückt… zwei von ihnen flankierten den Wagen, in dem der Herr Smrkovský saß… Ein hochgewachsener Mann, offensichtlich der Anführer dieser ganzen Aktion, pflanzte sich mitten in der Hájenka auf und sagte… Das hat nichts zu bedeuten, nichts, nur eine Perlustration, Kontrolle der Personalausweise… Genosse Kommandant, bitte… Und der Kommandant ging von einem zum anderen, es wurde still, und das Lächeln fror ein… ich hatte den Eindruck, daß mein Mann jeden Augenblick zu Boden sinken würde... Der Kommandant, in Uniform und mit pomadisiertem Haar, nahm wortlos die Personalausweise entgegen, fragte nach Name, Vorname und Daten und schrieb alles in ein amtliches Buch... Draußen beschlagnahmten zwei Polizisten das Leintuch mit der Aufschrift Hoch lebe Bohumil Hrabal, Böhmens berühmter Barde, und rollten es ein... sie trugen es in die Hájenka und überreichten es dem Kommandanten mit den Worten... Smrkovský wurde mit aufwieglerischen Transparenten empfangen... Der Kommandant nickte und sagte... Beschlagnahmen, als Beweismaterial... Und ich stand draußen in der Dämmerung, durch die geöffnete Tür sah ich die ganze Gruppe dieser Liquidierten, ich hätte weggehen können, doch mein Mann saß dort wie nach einem Infarkt, mein Mann hatte sich immer gefürchtet, aber vielleicht nur damals, als die SS-Soldaten ihn auf die Lokomotive mitnahmen, das erzählte er mir immer wieder gern, wie sie ihn erschießen wollten, dann aber den Bahndamm hinunterwarfen, damals hatte mein Mann sich vermutlich so gefürchtet wie jetzt vor einer ganz gewöhnlichen Perlustration, einer durchaus albernen Kontrolle der Personalausweise, wie ich sie schon so oft erlebt hatte, im Autobus, in der Straßenbahn, das hier war auch nicht mehr, schließlich hatten sich alle hierher locken lassen wie in einem Krimi von Frau Agatha Christie... Einzig der Herr Marysko, von dem ich immer den Eindruck hatte, er sei ein Schwächling... er allein antwortete auf die Frage... Wie heißen Sie?... Das steht doch dort, und las dabei zum zehnten Mal die Speisekarte durch... Der

Kommandant wiederholte... Wie heißen Sie? Und Marysko... Wenn Sie nicht lesen können, soll Ihr Kollege es Ihnen vorlesen... Und der Kommandant spitzte die Lippen, nickte und schrieb schweigend aus dem Personalausweis ab, was jeder andere freiwillig gesagt hatte... Und dann kam der Kommandant heraus und neigte sich zum Auto hinunter, Slavík und seine Frau streckten ihm ihre Personalausweise hin und beantworteten die Fragen ebenfalls, obwohl alles auf den Seiten des Personalausweises stand, und dann fragte der Kommandant, wer der Mann auf dem Rücksitz sei, und als Slavík sagte... das ist Smrkovský, der ehemalige Premierminister... da schlug der Kommandant die Hacken zusammen, er sah dem Herrn Smrkovský, der seinen Kopf aus dem Fensterchen streckte, ins Gesicht... und sagte... Genosse Smrkovský, Sie brauchen keinen Personalausweis zu zeigen, unter Ihnen habe ich im Landwirtschaftsministerium gearbeitet... Sie können fahren... Und ich ging in die Hájenka zurück, doch keiner wollte etwas von mir, dabei hätte ich es mir gewünscht, ich hätte gern die gleiche Antwort wie der Herr Marysko gegeben, doch für meinen Personalausweis interessierte sich keiner... Und dann erteilte der Kommandant einen Befehl, und die Männer in den Ledermänteln gingen abermals durch die Küche bis zum Flur, man konnte hören, daß sie in den Keller hinunterstiegen, und dann traten alle ins Freie, sprangen in ihre Wolgas und fuhren davon... und vorbei war's mit dem glorreichen Geburtstag...

Und eines Tages, es regnete stark, brachten die Lastwagen dann in drei Fuhren die »Knospen«, es regnete auf diese »Knospen«, ich stand neben der Waage und sah die Bücher, auf jedem stand der Name meines Mannes, und ich stellte nach dem Wiegen dreimal eine Konsignation aus, trug das Gewicht und den Bestimmungsort ein, eine dieser Ladungen ging bis nach Holešov, zwei Lastwagen fuhren in die Papierfabrik Štětí, es goß in Strömen, ich rief meinen Mann an, er kam mit dem Kombi, er stand dort im Regen, und ich im Kittel auf der Rampe, alle sahen, wie kläglich mein Mann in diesem Regen aussah, er sah so elend aus, daß sogar der Direktor, der gerade vom Tor her kam, lieber wieder umkehrte, und aus dem zweiten Lastwagen stieg aus diesen Mengen von »Knospen« ein Angestellter, er stand im Regen, sah meinen Mann, den Laureat an, der durch und durch naß war, als sei er in einen Fluß gefallen, und der Beamte zuckte mit den Schultern und sagte... Ich kann nichts dafür, wenn es ginge, würde ich Ihnen den ganzen Lastwagen voll »Knospen« geben... Und ich sagte... Einen Stapel können wir ihm aber lassen...

Schon am Nachmittag zogen in Prag-Letná Eisenbahner, Streckenarbeiter von einer Kneipe zur anderen, sie hatten ganze Aktentaschen voller »Knospen«, die sie aus den Waggons gestohlen hatten und in den Bierstuben nun den Gästen für vier Pilsner, für einen Zwanziger verkauften, und mein Mann erstand in der Formanka für vierzig Bier zehn »Knospen«...

Ende des Monats fuhren wir dann mit dem Auto nach Mähren, und kurz vor Brünn gerieten wir in eine Fahrzeugkontrolle, der Polizist hielt den Personalausweis meines Mannes in seiner Hand und fragte dann aus heiterem Himmel... Na, Herr Hrabal, sind Sie gekommen, um die »Knospen« zu holen? Ne... nein, stotterte mein Mann, ich gehe jemanden besuchen... Aber der Polizist gab ihm laut lachend Personalausweis, Führerschein und Wagenpapiere zurück und sagte... Was Sie nicht sagen, Sie gehen sich »Knospen« holen, ich hab sie ja auch schon... In Holešov ist ein Waggon geplündert worden, und ganz Brünn ist überschwemmt mit »Knospen«...

Mein Kleinod bat mich, mein schönstes Kleid anzuziehen, ich könne doch Deutsch, also nehme er mich mit ins Restaurant Beim Sojka, er bat mich auch noch, mir darüber im klaren zu sein, daß ich den guten Namen unserer Familie repräsentiere... Also zog ich mich an und schminkte mich, doch als wir das Lokal betraten, mußten wir einander anschreien, so groß war der Krach dort, mein Mann rieb sich die Hände und setzte mich an einen Tisch, auf dem »reserviert« stand... und dann schaute er in eine Ecke, wo ein schöner alter Mann mit wunderbar gelocktem Haar die Arme hob, er saß allein unter einem Spiegel, und vor ihm stand ebenfalls ein Schildchen, mit dem er spielte... reserviert... und mein Mann ging, ihn begrüßen, schon dem Benehmen nach war dieser andere Mann ein Gentleman, er hatte ein ganz anderes Benehmen als mein Barbar, die Gespräche der verschiedenen Tische verflochten sich, und mein Mann unterhielt sich mit diesem alten Herrn, indem er ihm die Ohren vollbrüllte... Als mein Kleinod zu mir zurückkehrte, stand das Bier schon da, Jaruška hatte es gebracht, ich kannte sie, schon zehn Jahre servierte sie hier... sie lächelte meinen Mann an, und er errötete leicht, das war das einzig Positive an ihm, daß er noch rot wurde, wenn eine hübsche Frau ihn anschaute, und... Was werdet Ihr essen, Schatzi? fragte sie, und mein Mann sagte, sobald er ihr ein Zeichen gebe, solle sie die bestellte Schwedenplatte bringen... und dann erzählte mein Mann mir, während er über die Gäste hinweg zum Haupteingang neben der Garderobe schielte, daß jener schöne Herr dort der Übersetzer Šťastný sei, der den ganzen... na, diesen amerikanischen Schriftsteller, Himmel, jetzt habe ich es vergessen... aber du weißt schon, der vor dem Krieg hier war... Erskine Caldwell hat der Herr Šťastný ebenfalls übersetzt... und dann schrie er mir ins Ohr... Und er war auch dabei, als Hemingway in jenen Septembertagen des Jahres achtunddreißig hier war, er hat ihn damals aber nur zwei Tage durch die Stadt geführt, Hemingway hat alles beschnuppert und gesagt, hier wird man nicht kämpfen... und war wieder abgereist... schau ihn dir nur an! Mit siebzehn hat Herr Šťastný als Anarchist einen Ministerpräsidenten erschossen und ist nach Amerika geflüchtet, und... da sind sie ja! Mein Mann stand auf und ging auf einen elend aussehenden Mann zu, dessen Frau jedoch dahinschwebte... Sie begrüßten einander, mein Mann stellte mich vor, und seine Freunde setzten sich, es waren Heinrich Böll und seine Frau, auf dem Rückflug von Moskau, wie sie erzählten, wo Heinrich als Vorsitzender des PEN-Clubs über die finanziellen Probleme von Emigranten und Schwierigkeiten mit den Moskauer Bürokraten verhandelt hatte... Jaruška brachte vier Gläser Bier, und der Herr Heinrich schaute so traurig auf sein Glas, daß ich seinen schönen, tiefen Augen sofort ansah, daß seine Frau mit ihm auch ein Kreuz gehabt hatte, denn ihr Kleinod hatte vermutlich auch eine ruinierte Leber... und mein Mann hob das Glas und rief so laut, daß nicht nur unser Tisch es hörte... Auf Ihr Wohl! und er gratulierte ihm nachträglich zum Nobelpreis für Literatur. Wir tranken Bier, mein Mann schon das zweite, der Herr Laureat Heinrich Böll nippte aber nur und nahm dann sofort ein weißes, in Briefform gefaltetes Papierchen aus der Tasche, er öffnete es, neigte den Kopf nach hinten, schüttete sich das weiße Pulver in den Mund und bestäubte sich dabei den Rockaufschlag. Dann sagte er... Meine Lieben, ich bin nur für eine halbe Stunde hier, ich treffe danach noch andere Schriftsteller... also, mein lieber Bohumil, wie geht es mit dem Schreiben, haben Sie Freiraum zum Schreiben? Haben Sie Grund, sich zu beklagen? Ich bin nämlich geschäftlich hier, als Vorsitzender des PEN-Clubs... und mein Mann schrie dem Herrn Böll ins Ohr... Beschweren könnt ich mich schon, doch was soll's, ich beschwer mich nicht, denn es ist sinnlos, ich gehör jetzt zu den liquidierten Schriftstellern... und so schreibe ich wieder, was ich will und gönne mir den Luxus, kein Blatt vor den Mund zu nehmen... verstehen Sie? Und der Herr Böll schrie... Ich verstehe, obwohl hier ein saumäßiger Lärm ist... wenn Sie es aber nicht tun, was ist mit den anderen? Einige hundert Schriftsteller dürfen nicht publizieren, und da wollen Sie nicht protestieren? Und mein Mann schrie... Ich erhebe jetzt Protest gegen mich selbst, es ist mir nämlich noch nicht gelungen, einen anständigen Roman zu schreiben... und dann... Prometheus mußte sich das Feuer stehlen, und mir wird es auch keiner schenken... Und Heinrich Böll blieb beharrlich bei dem Thema, das er angeschnitten hatte... Trotz allem, hier erscheinen keine literarischen Zeitschriften mehr, nicht einmal wissenschaftliche, kritische... und Sie, publizieren Sie etwa? Sie publizieren nicht... Und mein Kleinod schrie, so laut war dieses Gespräch im Lokal Beim Sojka... Nein, ich publiziere nicht, aber ich erlaube mir jetzt den Luxus, wieder für die Schublade zu schreiben... und er bediente sich von der Schüssel, die Jaruška gebracht hatte, und bot sie auch Frau und Herrn Böll an... Frau Böll und ich aßen mit großem Appetit, Herr Böll hingegen knabberte nur zweimal am Schinken und nippte symbolisch an seinem Bier... und Frau Böll fuhr im Gespräch fort, nachdem sie einen Schluck genommen hatten... Wissen Sie, gute Frau, mein Mann darf nicht mehr trinken, weil er bestimmt zehn Zisternen Whisky geleert hat, er hat eine Mordszirrhose, und ohne Medikamente hätte er diesen Stockholmer Preis gar nicht mehr erlebt... Und Heinrich Böll fuhr fort... Sie können sich also tatsächlich nicht beschweren? Da wurde es mir zu bunt, und ich sagte... Aber Herr Böll, das alles ist überhaupt nicht wahr, zwei seiner Bücher wurden eingestampft, er darf nicht publizieren, und als er Geburtstag hatte, umzingelte die Polizei das Gasthaus im Wald, in dem wir feierten, was heißt da sich nicht beschweren? Mein Mann aber lachte nur, er verspeiste mit vollem Mund seinen Schinken und spielte alles ins Aus... Das stimmt, aber hier in diesem Land ist das Reklame für mich... ich bin in aller Munde, und Sie wissen selbst, daß man auch dort im Westen über mich schreibt... aha? Une surprise dans la forêt... diesen Zeitungsausschnitt über meinen Geburtstag hat man mir aus Frankreich geschickt... ich koste hier alles aus, ich bin schon ein bißchen gepanzert... und dann sollte man seine schmutzige Wäsche nicht vor fremden Leuten waschen... das wissen Sie selbst, und dann... Graecia capta, ferum victorem cepit... Wer aber protestieren will, der soll protestieren, ich, bitte schön, ich kann mich nicht beklagen... und wenn, dann höchstens im Waschraum beim fünften Wasserhahn... Mein Mann bat mich, diesen letzten Satz zu übersetzen... Herr Böll aber schaute auf seine Uhr und erschrak... Wir müssen gehen... sagte er... wir werden im Alcron erwartet... fügte er hinzu... und mein Mann fragte ihn... Sie werden Ihr Bier nicht austrinken? Und er zeigte auf das Bier, auf das noch fast volle Glas, an dem der Nobelpreisträger nur etwas genippt hatte, und Heinrich Böll sagte... Ich trinke nicht mehr... Und abermals nahm er ein weißes Papierchen in Briefform aus der Sakkotasche, er faltete es auseinander, neigte den Kopf nach hinten und schüttete sich das Pulver in den Mund, dann klopfte er sich mit beiden Händen die bestäubten Rockaufschläge sauber und sah meinen Mann liebevoll an, während ich vor Scham fast im Boden versank, er legte seinen Arm um die Schultern meines Mannes und küßte ihn fast... Mein lieber Bohumil, Sie sind ein redlicher Mann... und mein Mann war so gerührt, daß er Herrn Bölls Bier nahm und es in einem Zug austrank... Als wir uns verabschiedeten, gab Frau Böll meinem Mann die Hand, er nahm sie und küßte sie mit seinen bierfeuchten Lippen. Dann begleitete mein Mann die Gäste bis auf die Belcredi Straße hinaus, und als er zurückkam, meldete er mir triumphierend... Jetzt weiß ich, wie der amerikanische Schriftsteller heißt, von dem Herr Šťastný alles übersetzt hat! Jack London! Es ist doch angenehm, wenn wenigstens einer in unserer weitverzweigten Familie intelligent ist!... schrie mein Mann über das ganze Restaurant Beim Sojka hinweg. Und ich schrie... Vom Saufen! Doch in diesem Moment verstummten alle, meine Stimme hatte wie ein Messer den Rauch und die Gespräche zerschnitten. Und alle drehten ihre Köpfe zu unserem Tisch, alle sahen uns an, und mein Kleinod war wieder einmal die Nummer eins, der Champion, der Weltmeister... Er nahm ein frisches Glas in seine linke Hand und trank gierig das fünfte Bier, als wäre es das erste, und mit der ausgestreckten Rechten balancierte er sein Gleichgewicht aus.

Und wie einen Rettungsring bekam ich einen Brief von der Wohnungsgenossenschaft Kobylisy, daß die neue Wohnung in Sokolníky fertig sei, daß wir die Schlüssel bekommen und sie übernehmen könnten, diese Wohnung, für die ich schon so viele Jahre bezahlt hatte, diese

Wohnung in einem Wolkenkratzer, der noch vor einem Jahr nur auf Ingenieursplänen gestanden hatte. An jenem Tag warteten wir zusammen mit den anderen künftigen Wohnungsbesitzern vor diesem dreizehnstöckigen Gebäude, und als wir an die Reihe kamen, fuhren Beamte mit uns in den fünften Stock hinauf, sie schlossen die Tür der Nummer siebenunddreißig auf, wünschten uns eine glückliche Zukunft und gingen mit den nächsten Wohnungsbesitzern eine Nummer weiter... Und wir standen in der neuen Wohnung, langsam traten wir ins Innere, die Sonne ging gerade auf, und während mein Mann von der Küche auf den Balkon ging, eine offene Veranda mit Ausblick auf Prag, konnte ich mich nicht satt sehen an der Schönheit des Badezimmers, das dort in Libeň gerade mal aus einem Waschbekken oder der Waschküche bestand, ich kam nicht aus dem Staunen heraus, setzte mich sogar auf die Kloschüssel, hier in der Toilette war es warm, von nirgendwo pfiff der Wind oder zog es, das war das Allerschönste in diesem Wolkenkratzer, darauf hatte ich sechzehn Jahre gewartet, auf ein Badezimmer und Toilette... ich zog den Knopf hoch, und das Wasser floß, ich drehte an den Hähnen, warmes und kaltes Wasser, ich füllte die Badewanne und horchte, wie der Ton des plätschernden Strahls sich in der Wanne ausbreitete, ich beugte mich in den Dampf hinein, der von der Wasseroberfläche aufstieg, und nach so vielen Jahren war ich glücklich, denn ich hatte immer davon geträumt, eine eigene Toilette und ein eigenes Bad zu haben... Und dann planten und zeichneten wir, wohin wir welches Möbelstück stellen wollten, die Küche hatte sechzehn Quadratmeter, das

Wohnzimmer achtzehn, und es gab zwei Schlafzimmer, eines maß elf und das andere acht Quadratmeter... Und dann fuhren wir nach Libeň hinunter, von wo mein Mann, wie er gesagt und behauptet und geschrien hatte, nie, niemals wegziehen würde, und vielleicht wäre er mir ohne diese Gallenblasenoperation auch dort Am Damm zur Ewigkeit geblieben, doch mein Mann war durch diese Operation geschwächt, vor allem aber war er durch diese Saufereien mit dem Herrn Kuzník dermaßen geschwächt, daß er zu guter Letzt einwilligte und einsah, daß es auch für ihn gut wäre, in Sokolníky zu wohnen.

Wir gaben unsere Schlüssel der Hausmeisterin ab, zum letzten Mal standen wir auf dem kleinen Hof, mit Tränen in den Augen schauten wir uns um, und in dieser halben Stunde durchlief ich mein ganzes Leben hier an diesem Damm zur Ewigkeit, alle Hochzeiten im Hause, all die Saufgelage, es tauchten vor mir all jene auf, die uns besucht hatten, all das, weswegen sie einander angeschrien hatten, ich sah mich selbst, wie ich im weißen Nachthemd über den Hof zur Toilette ging, während Schnee fiel, ich sah meinen Mann, wie er auf dem Dach schrieb, wie er mit allen Fingern in die Klaviatur der Tasten hackte, ich sah, wo überall mein Mann betrunken gelegen hatte, wenn er nicht mehr aufstehen konnte, ich öffnete die Tür zur Waschküche, dort stand noch immer diese schwedische Waschmaschine, die mir einst meine schönen Vorhänge und meine Leintücher zerlöchert hatte, ich sah, wie mein Mann und ich im Hof auf unseren Stühlen der Sonne nachpilgerten, wenn die Sonne weitergewandert war, war auch ich aufs Dach hinaufgeklettert, um mich auf der schiefen, geteerten Fläche zu sonnen, ich sah den Hausflur, der immer noch von bröckelndem, feuchtem Mörtel und Gips übersät war, diesen schmalen Hausflur, der den Hof mit der Straße verband, diesen Flur, an dem mein Mann sich jedesmal, wenn er aus der Kneipe zurückkehrte, beide Ärmel verdreckte... ich sah aber auch unseren Kater Etan, wie er auf uns wartete, wie er durchs schmale Gitterfensterchen zu uns hineinsprang, wie sehr er uns liebte und wie sehr wir seine große Katzenseele liebten, ich sah diesen wilden Wein, der sich noch immer so dahinzog und wand, wie mein Mann ihn an den Wänden entlang festgebunden hatte, ich sah die Totenmaske, die mein Mann auch weiter hier zwischen diesen Ranken der Reben hängen ließ, diese Totenmaske, die Vladimír Boudník für ihn angefertigt hatte... ich stand da und war ganz geblendet von all diesen Bildern, von denen ich geglaubt hatte, sie seien schon verschüttet, sie seien in dem Augenblick untergegangen, als sie an mir vorbeigezogen waren, jetzt aber stand ich in diesem Hof und konnte, ohne mit der Wimper zu zucken, mein Leben nacherzählen, von der Minute an, als ich zum ersten Mal hierhergekommen war und durchs Fenster im Abendlicht einen Menschen gesehen hatte, der den Fußboden schrubbte und später mein Mann wurde, ich sah mich selbst als junge Frau, die ganz am Anfang hatte Selbstmord begehen wollen und zusammen mit diesem Mann dann überhaupt keine Zeit mehr gehabt hatte, an so was auch nur zu denken, denn dieser Mann hielt mich all die

Jahre so auf Trab, er verärgerte und verdroß mich dermaßen, daß ich darüber vergaß, ein Kind zu haben, denn mein Mann, das war nicht nur ein Kind, mein Mann machte mir so viel zu schaffen wie eine ganze Klasse geistesgestörter Kinder einer Sonderschule... Ich zuckte mit den Schultern, was soll's? Unter Tränen lief ich die Treppe hinunter und verdreckte meine Ärmel ein letztes Mal an den abblätternden Wänden...

Die Bücher von Bohumil Hrabal
im Suhrkamp Verlag

Allzu laute Einsamkeit
suhrkamp taschenbuch 2768. 1997

Die Bafler. Erzählungen
edition suhrkamp 180. 1966
suhrkamp taschenbuch 2768. 1997

Bambini di Praga. Erzählungen
Bibliothek Suhrkamp 793. 1982

Harlekins Millionen. Ein Märchen
Bibliothek Suhrkamp 827. 1984
suhrkamp taschenbuch 1615. 1989

Ein Heft ungeteilter Aufmerksamkeit
Bibliothek Suhrkamp 1241. 1997

Hochzeiten im Hause. Ein Mädchenroman
Suhrkamp 1993
suhrkamp taschenbuch 2414. 1995

Ich habe den englischen König bedient. Roman
Suhrkamp 1990
Bibliothek Suhrkamp 1139. 1994
suhrkamp taschenbuch 2923

Die Katze Autitschko. Erzählung
Bibliothek Suhrkamp 1097. 1992

Leben ohne Smoking. Erzählungen
Bibliothek Suhrkamp 1124. 1993
suhrkamp taschenbuch 2461. 1995

Reise nach Sondervorschrift, Zuglauf überwacht.
Erzählungen
Bibliothek Suhrkamp 1157. 1994

Sanfte Barbaren. Erzählungen
Bibliothek Suhrkamp 916. 1987

Schneeglöckchenfeste. Erzählungen
Bibliothek Suhrkamp 715. 1981

Schöntrauer
suhrkamp taschenbuch 1614. 1983

Die Schur. Erzählung
Bibliothek Suhrkamp 558. 1983
suhrkamp taschenbuch 1613. 1989

Das Städtchen am Wasser
Die Schur. Schöntrauer. Harlekins Millionen
Suhrkamp 1989

Das Städtchen, in dem die Zeit stehenblieb
Roman in Geschichten
suhrkamp taschenbuch 2767. 1997

Tanzstunden für Erwachsene und Fortgeschrittene
Bibliothek Suhrkamp 548. 1977
suhrkamp taschenbuch 2765

Verkaufe Haus, in dem ich nicht mehr wohnen will
Roman in sieben Erzählungen
Suhrkamp 1994
suhrkamp taschenbuch 2766. 1997

Wer ich bin. In Erinnerung an Bohumil Hrabal
Besorgt von Susanna Roth
Suhrkamp 1998

Die Zauberflöte
Suhrkamp 1990

Hommage à Hrabal
Herausgegeben von Susanna Roth
Suhrkamp 1989